빵 고르듯 살고 싶다

오늘의 '쁘띠 행복'을 위해

빵 고르듯 살고 싶다

임진아 지음

당신이
가장 좋아하는 빵은
무엇인가요?

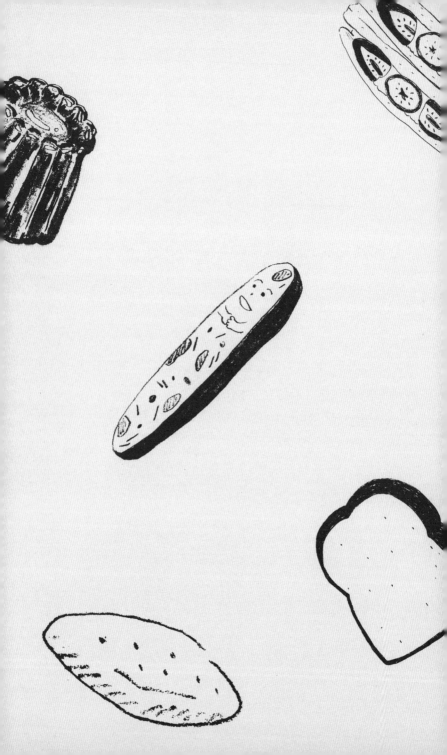

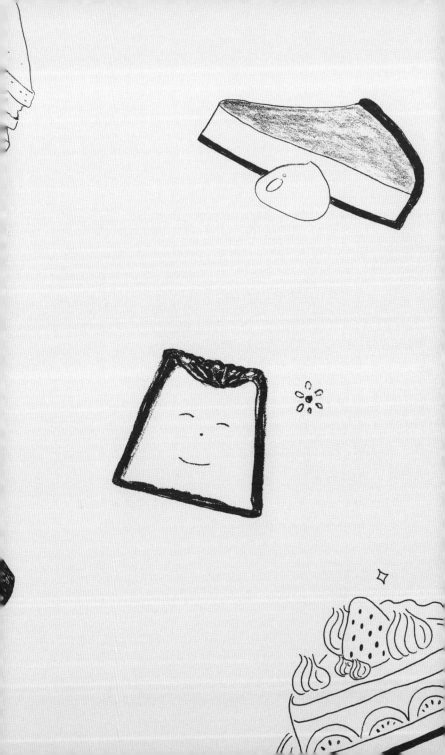

안녕하세요.
오늘도 빵, 하셨나요?

제목을 보자마자 책을 집어 이 글을 보셨다면
분명 빵을 좋아히는 분이겠지요.
우리는 빵으로 단숨에 하나가 되었습니다.
빵을 좋아하는 사람은
분명히 빵 고르는 일을 즐기는 사람일 테니까요.

빵을 좋아하는 만큼
빵을 고르는 시간 또한 즐겁습니다.
빈 쟁반을 들고 빵을 고르는 일은
나를 읽는 연습이기도 합니다.
오늘의 나는 기분이 어떤지,
입에 어떤 걸 넣어야 조금이라도 웃을 수 있는지,
빵을 먹는 시간만이라도 빵만을 생각하고 싶은 마음으로
어느 때보다 진지한 표정을 지으며 빵을 바라봅니다.

먹을 때보다 고르는 때가 더 맛있게 느껴지기도 하지요.
인생은 선택의 연속이라고 하는데,
그 선택은 어렵기만 하고
나의 현실만이 두드러질 뿐입니다.
빵을 고르는 것처럼
나의 기분만이 중요하면 좋을 텐데요.

어떻게 살아야 할지는 평생 모르겠는데
좋았던 순간만큼은 말할 수 있지 않나요?
어느 날 우연히 들어간 빵집에서
내 목소리를 들으며 고른 빵 하나처럼,
작은 순간들이 결국은 내 삶의 방식이 될지도 모릅니다.

물론 때로는 입에 넣고 나서야 알게 됩니다.
'이게 아니었는데. 실패했다.'
걱정 마세요.
우리에게는 마음에 드는 빵을
입에 넣은 기억이 분명히 있고,
인생에 제일가는 빵 맛을
아직은 맛보지 못한 것일지도 모릅니다.

나를 읽는 연습을 하며
내가 분명한 웃음을 지어낼 줄 아는 순간을 잡아내는 것.
기분 좋게 고른 고소한 순간과 더불어,
무언가를 꼭 선택해야 하는 상황에서는
나를 위한 방향으로 바라보는 것 또한
내 입에 넣을 빵을 고르는 일과 같다는 것을
저는 빵을 좋아하는 여러 사람과 함께
이야기하고 싶습니다.

빈 쟁반은 준비되어 있어요.

부디 당신의 삶에 맞는 빵 같은 순간을 골라 담아주세요.

2018년 여름

매일 빵을 고르는 임진아로부터

프롤로그

01

팥식빵

02

🍓 스트로베리 🍓
쇼트케이크

03

치아빠타

04

비스코티

05

치즈케이크

06

까눌레

07
식빵

08
후르츠
샌드위치

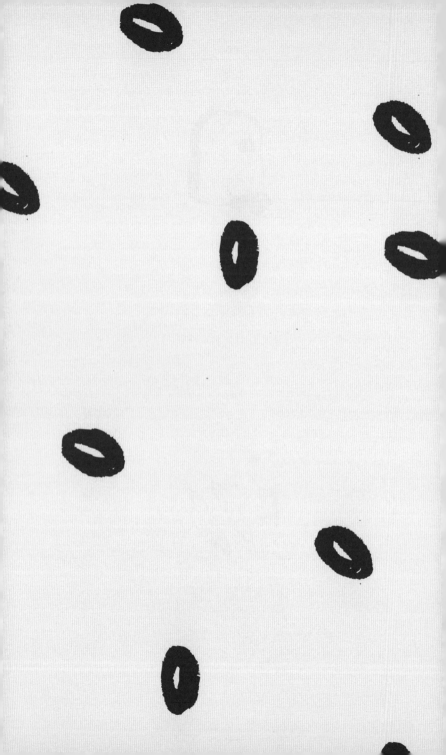

팥식빵

보통의 식빵도 맛있게 먹는 나에게
팥식빵은 한층 위의 행복이다.
아무것도 바를 필요도 끼워 넣을 필요도 없이,
그 자체로 충분히 맛을 낸다.
한때는 좋아하는 사람에게 꼭 팥식빵을 선물하곤 했다.
팥식빵의 꽃말 아니 빵말은
"제 삶의 행복을 함께 경험해주세요."

커피 '식' 시작

무언가를 시작하기 위해선 언제나 커피가 필요했다.

삽화 일을 의뢰한 출판사 직원과의 첫 만남에서 쑥스럽게 "그럼 전 그냥 아메리카노로…" 하고 꾸벅거리던 날. 친구들과 여행 계획을 세우러 들어간 카페에서 당장 와다다 내뱉고픈 이야기를 입에 담아둔 채 "나는 두유라테… 아이스로. 넌?" 하고는 끔뻑거리며 메뉴판을 올려다보던 순간. 오늘 꼭 끝내야 하는 일을 마주하기 전, 굳이 핸드드립으로 커피를 내리며 '그럼 일단 그 장면을 먼저 스케치한 다음에… 이건 이렇게 하고, 저건 저렇게 하고…' 마음을 가다듬었던 날. 그리고 출근길 좋아하는 카페에 들러 지금의 나에게 딱 맞는 커피를 가늠해보는 시간까지. (언제나 골몰하며 고민하지만 늘 두세 가지 중에서 고르고 있을 뿐이다.)

꽤 많은 순간을 커피 '식'으로 시작하며 살고 있지만 사실 커피와 함께한 건 고작 10년이 조금 안 됐다. 이십 대 초만 해도 출처를 알 수 없는 식물의 즙 같다는 생각에 입에도 대지 않았던 나였으니까. 하지만 시간은 언제나 나를 비웃듯 변화시킨다. 이제는 하루에 몇 잔이든 마시고 싶어서 자제하지 않으면 안 되는 사람이 되었다. 도대체 왜 밤 9시가 되면 라테가 마시고 싶어지는 걸까?

가장 좋아하는 커피'식' 시작은 물을 끓이는 일부터 시작하는 핸드드립 커피다. 이 시작을 좋아하는 나를 위해 원두를 항상 준비해두는 것은 물론이고, 마실 때 기분 좋아지는 컵을 모으는 것도 디폴트 취미생활. 카페 아르바이트를 하며 '일로서의 커피'를 알고 있기도 해서 커피를 내리는 데에도 나름의 규칙이 있다. 그래서 작업실 메이트가 호의롭게 커피를 내려준다고 하면 "내가 할게! 내가 하고 싶어! 하게 해줘!" 하곤 한다.

커피를 내리는 시간은 하루 중 거의 유일한 명상 시간이다. 그렇기에 이 시간으로 무언가를 시작하는 것은 어쩌면 굉장히 좋은 일일지도 모른다. 적어도 나는 정말로 그렇게 생각하며 살고 있다.

가장 먼저 전기포트에 물을 담아 끓인다. 끓는 시간 동안 컵들이 놓인 진열장 앞에 무릎을 꿇고 앉아 오늘 입에 대고 싶은 컵을 고른다. 조금 진하게 마시고 싶다면 평소보다 작은 것으로 한다. 커피 덕분에 나를 가늠해보게 되는 것이다. (작업실의 컵 선반은 낮은 곳에 위치해 있다. 돌이켜보면 좋은 설정이었다.)

컵과 함께 여과지와 원두를 품에 안고 다시 부엌으로 나와 착착착 경쾌하게 커피 내릴 준비를 한다. 어째서인지 무언가 요리하는 기분이 든다. 드리퍼에 여과지를 끼우고 적당한 양의, 적당하게 갈아진 원두를 나무 스푼으로 곱게 담는다. 원하는 만큼 담았으면 손으로 드리퍼를 조심스레 탁 탁 쳐서 원두가 차분히 놓이게 한다. 이때 향을 맡는 여유를 즐기는 것도 당연한 과정.

다 끓은 물을 옮겨 담은 드립포트를 한 손에 잡는다. 이때 크게 숨을 내쉰다. 중요한 포인트가 여기에 있으니까. 가느다란 물줄기로 원두의 가운데에서부터 원을 그리듯이 물을 조금만 부어준다. 이때 원두를 적셔주기만 한다는 생각으로 물줄기가 여과지에 닿지 않도록 조심한다. 나를 위해 원두에 뜸 을 들이는 일은 셀프 행복의 하나이다. 일본에서는 히라가나인 'の(노)' 모양으로 물을 붓는다고 표현한다. の는 단어 사이에서 '~의'라는 조사로 사용되는데 커피 위에서 이것이 반복된다고 생각하니 '커피의~'라는 소리가 나는 것 같다.

뜸이 들고 있는 원두가 머핀처럼 부풀어 오르면 기분이 좋아진다. 원두가 신선하다는 몸짓이니까. 이것만으로도 오늘의 커피는 이미 맛있다. 잠시 후 가느다란 물줄기를 부어가며 본격적으로 커피를 내린다. 물이 다 빠져나가기 전에 또 한 번 '커피의~', 또 한 번 '커피의~'.

컵에 적당한 양의 커피가 내려지면 미리 준비한 작은 접시로 드리퍼를 옮긴다. 미리 준비했다는 것 또한 즐거운 일이다. 방금 전까지 커피가 내려지던 드리퍼를 받치기 위한 접시가 존재하는 삶이란 꽤 근사하다.

그리고 이제 가장 중요한 일이 남아 있다. 긴 티스푼으로 막 내려진 커피를 섞어주기. 속으로 열 번 정도를 헤아리며 섞어주면 스푼이 컵에 닿는 맑은 소리와 함께 오늘의 커피가 완성된다. 내려진 커피는 위층과 아래층의 진하기가 다르기 때문에 꼭 저어서 마셔야 한다는 것을 알게 된 후로는 너무나 당연한 과정이 되었다. 열 번을 세며 커피를 저을 때면 눈에 보이지 않는 것을 이해할 줄 아는 사람이 된 것만 같아 커피를 내리는 시간 중에서도 가장 좋아하는 순간이다. '걱정하지 마, 저어줄게' 하며 마음씨 좋은 사람이 되어 커피에게 속마음을 전한다.

나를 위한 순간들로 뭉쳐 있는 핸드드립 커피'식' 명상은 오늘 남은 일들에 대한 기대일지도 모른다. 매일 좋은 시작이 존재한다는 것을 매일 기억하고 싶어졌다. 하루가 끝나가는 동안 말라버린 여과지를 치우는 것으로 오늘의 커피'식' 시간도 끝이 났다. 오늘 못한 일은 내일의 내가 해낼 것이다. 내일의 커피'식' 시간 안에서.

빵 고르듯 살고 싶다

그런 날이 있다. 끝이 안 보이는 이야기로 오전부터 기나긴 회의를 하며 하루 중 가장 아끼는 점심시간마저 내 것이 아니게 된 날. 점심이라 하면 자고로 마음에 점을 찍는 시간인데, 그 작은 점마저 찍을 수 없는 삶이라니. 점처럼 사라지고만 싶었다. 무엇으로도 '오늘'이라는 날의 점심시간을 보상받을 수 없었다.

겨우 회의가 끝나고 마음 무겁게 자리를 떠났다. 일상에 조금이라도 숨을 불어넣는 환기의 시간이 그저 공복을 메운다는 의미로만 남게 됐지만, 그 축소된 틈에서라도 최선을 다하고 싶어 근처 좋아하는 빵집으로 갔다. (편의점에서 기다리지 않고 살 수 있는 건조한 샌드위치나 호일에 말린 김밥을 먹을 수도 있겠지만 나는 슬퍼도 맛있는 걸 먹고 싶은 사람인 것이다.)

빵집에 들어서며 조금 전 회의실의 공기와는 전혀 다른 기운에 공차*를 느끼며 눈을 깜빡였다. 빈 쟁반 위에 하얗고 얇은 새 문서 같은 유산지를 올리고 집게를 집어 들고는 한 발 한 발 천천히 내디뎠다.

갓 구워 아직 자르지 않은 식빵, 자르면 분명 속이 촉촉할 바게트, 먹는 것보다 보는 쪽을 더 선호하는 앙버터 치아바타, 크랜베리가 박힌 티 없이 동그란 빵과 팥빵, 그리고 그 옆의 소보로빵까지. 조금 눈을 돌리니 다소곳한 케이크들도 차려 자세로 반짝이고 있다. 내가 빵에게 집중하는 게 아니라 그 반대인 것만 같았다. 지금 나에게 맞는 빵은 분명 있을 것이고 지금은 그 빵을 찾기 위해서만 나를 움직이게 하는 시간. 그 시간이 찾아왔다.

'오.'

지금 이 마음. '오늘의 나'에게 딱 맞는 '오늘의 빵'을 찾는 마음. 쟁반에는 아직 아무것도 올려놓지 않았는데 이상하게 풍요롭다. 이대로 아무것도 사지 않은 채 빵집을 나간다고 해도 괜찮을 것 같다. 마치 죄인이 된 것처럼 고개를 숙이고 앉아 있던 회의 시간의 내가 떠올랐다(물론 나는 아무 잘못도 하지 않았다). 아무것도 내 손으로 고를 수 없고 새롭게 시작할 수도 없는 인생 같았는데 그 순간의 나보다 지금의 내가 더 나답다고 느껴진다.

'당연히 이쪽이 맞아.'

아직까지 빈 쟁반을 든 처지이면서 비장하게 고개를 끄덕였다. 무엇이 되었든 내 삶의 온갖 선택 사항들도 이런 마음으로 고를 수는 없을까?

'아직 아무것도 담기지 않은 쟁반을 든 나'라는 인물로 한 발 한 발 나긋하고 점잖고 구수한 당당함을 지니고 싶어졌다.

물론 다시 돌아가지 않으면 안 되는 시간에, 돌아가지 않으면 안 되는 자리로 돌아가야 하지만, 오늘 하루쯤은 마음에 들지 않는 사람과의 대화 정도는 '어차피 안 고를 빵'

이라고 여겨도 되지 않을까.

어떤 빵집에서는 빈 쟁반인 순간이 오히려 반짝이니까.

공차 세상에 시간의 차이(시차)가 있듯 공간에도 차이가 있다고 생각
해서 만든 말. 주로 회사에서 쉴 틈 없이 일하다가 서둘러 약속 장소로
이동했을 때 쓴다. 예를 들어 "아, 나 지금 공차 느껴. 아직도 모니터 앞
인 것 같아."

먼저 비누를 씻는 마음

틈만 나면 손을 씻는 버릇을 갖고 산 지도 오래되었다. 씻고 또 씻어도 새로운 더러움은 계속해서 업데이트되었다. 나에게 손 씻기는 모든 일의 끝이기도 시작이기도 하다. 때로는 일이 잘 풀리지 않아 모니터 앞에서 마치 모니터 흉내를 내듯 가만히 앉아 있다가, 이 상태를 씻어내고 싶은 마음에 벌떡 일어나 세면대로 향하기도 한다. 언젠가부터 손 씻기가 단지 손에 묻은 때를 씻어내는 행위만이 아닌 개운함을 느끼고자 하는 의식이 된 것 같다.

무기력함이 예고 없이 찾아온 오후, 산책을 하기로 마음먹고는 벌떡 일어나 터벅터벅 빠른 걸음으로 화장실로 갔다. 누가 보면 굉장히 신나 보일지 모르는 발걸음으로. 거울을 보며 손을 씻고 산책을 나갔다. 산책의 시작은 손 씻기. 그리고 얼마 후에 봉지 과자를 손에 들고 다시 돌아왔다. 산책의 마지막은 역시나 손 씻기.

다시 거울 앞에 서서 비누를 잡아들고 평소처럼 손을 닦았다. 그런데 새삼스럽게, 손을 닦는 내 버릇이 눈에 들어왔다. 산책 전의 손 씻기와는 달랐기 때문이었는데, 늘 아무 생각 없이 손을 닦아서 한 번도 의식하지 못했던 장면이었다.

임진아의 외출 후 손 씻는 방법

1. 먼저 비누를 잡고 물을 틀어 손과 비누에 물을 적신다.

2. 가볍게 비누를 잡고 거품을 낸다.

3. 더러운 손으로 잡은 비누이기 때문에 더러운 거품이라고 판단한다.

4. 손에 묻은 거품을 물로 헹군다.

5. 비누에 묻은 거품도 물로 헹군다.

6. 다시 비누를 손안에서 돌리며 새로운 거품을 낸 뒤 비누 받침대에 올려둔다.

7. 풍성한 거품으로 구석구석 손을 씻고 물로 헹군다.

8. 다시 비누를 들고 조금 묻어 있는 거품을 물로 헹군 후 제자리에 둔다.

9. 손끝에 남아 있는 비누의 기운을 말끔히 씻어내고 물을 잠근다.

10. 손을 털어 물기를 1차로 없앤 후 수건에 툭툭 닦는다.

그간 무의식적으로 더러운 손으로 만든 거품은 버려야 한다고 판단해왔던 것이다. 손을 깨끗히 하려고 쓰는 비누부터 먼저 씻는 마음. 내 손을 깨끗하게 해주느라 더러운 거품이 묻은 비누를 닦아주는 마음.

이 마음이 필요할 때가 분명 있을 것 같았다. 그래서 그것이 언제일지 떠올려보았다.

하나. 늘 말을 잘 들어주는 이에게 습관처럼 또 내 이야기를 늘어놓았던 날. 혹여 내 이야기 때문에 친구 마음에 구정물 거품이 묻어버렸던 건 아닐까?

둘. 스트레스 받은 마음을 스스로 정리하지 못하고 가까운 사람에게 괜히 투정부리며 이상한 방식으로 화를 풀던 날. 나로 인한 더러움은 스스로 닦아낸 후 사람을 대해야 했는데 그게 마음처럼 되지 않았다. 가까운 사람이니까 이 거품도 이해해주겠지… 하던 이기적인 착각.

비누를 닦아내듯 나를 뱅글뱅글 돌리는 방법을 배우자고 다짐하며 긴 손 씻기 시간이 끝났다.

여담이지만, 손 씻기 과정 중에서 가장 좋아하는 순간은 거품을 손 전체에 고루 묻힌 다음 엄지를 뺀 나머지 네 개의 손가락 끝을 반대편 손바닥에 문지르며 손톱과 지문을 함께 닦을 때입니다. '사람의 몸은 참 신기하고 닦을 곳이 많구나'라는 생각을 하게 될 때까지 문질러요.

스트라이프 티셔츠와 나

계절이 바뀌어 옷장 정리를 하시던 엄마의 부름이 들렸다.

"임.진.아."

성까지 불렀다는 건 '다 큰 너에게 다그칠 일이 아직도 있구나'라는 의미라는 것쯤은 이제 너무나 잘 알기에 어깨가 조금 들썩였다. 내가 또 무슨 잘못을… 조심스럽게 다가가니 엄마의 눈앞에는 나의 각종 스트라이프 티셔츠들이 정리를 기다리고 있다. 그러고 보니 며칠 전에도 비슷한 일이 있었지.

"천쪼가리 가방 좀 그만 사라!"(아이고 저마다 하나의 그림과도 같은 소중한 가방입니다만!)

스트라이프 티셔츠들이 모여 있는 풍경을 보니 조금 부끄럽긴 했다. 하지만 재질과 색상이 다른 것은 물론 옷마다 줄의 간격이 미묘하게 다르고, 싼 것부터 사실은 꽤 비싸게 주고 산 것도 있다. 기분에 맞춰 골라 입을 수 있는 각기 다른 것들인데, 엄마 눈에는 그저 '있는데 또 산 옷'으로만 보였을 것이다. 그러니까, 입지 않는 것들은 버리고 더 이상 사지 말라는 말씀. 바닥에 쏟아놓은 나의 줄무늬들을 다시 하나하나 펼치고 개는 일을 반복하다 보니, 이 스트라이프 티셔츠들과 나, 꽤 닮아 보인다.

매일 같은 풍경 속에서 반복되는 하루하루를 지내며 버스에 의지 없이 몸을 실은 채 오고 가는 나 말이다. 그때의 내 모습은 마치 맞은편에 앉아 그늘진 얼굴을 하고 있는 또래 여자에게서 복사한 후 그대로 붙여넣기 한 것 같은 기분이 들기도 한다. 만약 하루의 마감 요정이 다가와서 "이제 곧 하루 마감시간이어서요. 혹시 버리실 거면 이쪽으로" 하고 말을 걸어온다면 고민 없이 "구겨서 버려도 될까요?"라고 말해버릴 것 같다.

'어차피 어제와 별 차이도 없었는 걸. 아니 오히려 어떤 면에서는 오늘이 더 최악이었어.'

차마 마감 요정에게도 말 못 하는 이런 마음은 나만 들리게 중얼거리겠지. 인간은 상상 속에서도 창피함을 느끼는 존재인 걸까.

스트라이프 티셔츠는 아무리 봐도 버릴 것이 없었다. 오래된 것이 있긴 하지만, 사실 이제 막 잠옷으로도 입기 시작했으니까. 비슷해 보이지만 나에게는 모두 다 다른 티셔츠란 말이다.

"비슷해도 괜찮잖아요."

비슷해도 괜찮잖아요? 스트라이프 티셔츠가 나에게, 내가 스트라이프 티셔츠에게 동시에 말해버렸다. 내가 정한 크고 작은 일과에 따라 하루가 반복되기 때문에 매일이 비슷해 보이는 것인지도 모른다. 그 비슷함에 가끔씩 지루함 같은 심심함을 느끼는 것뿐이라면 문제 될 게 없지 않은가. 구겨서 버릴 필요도 없고.

작업실을 망원동으로 구한 '과거의 나' 때문에 한강을 건너며 출퇴근을 하는 '오늘의 나'를 떠올려보자. '오늘의 나'는 매일 똑같은 강을 건너도 사실 매일 다른 풍경을 보게 된다는 걸 미처 생각하지 못한다. 누군가는 "매일 강을 건넌다고? 정말 특이하다!" 하고 외칠 만한 일상인지도 모르는데.

같은 강을 어떤 날은 노란색 스트라이프를 입고 건너고, 다른 날은 아마 더 널찍한 간격의 검정색 스트라이프를 입고 건널 것이다. 전혀 다른 비슷함의 나날들이 귀엽게 느껴지기 시작한다.

다른 날에 다른 마음으로 샀을 스트라이프 티셔츠들을 한데 모아 아예 한 칸을 스트라이프 전용 칸으로 만들어놓으니 오히려 듬성듬성해 보인다.

'내일은 스트라이프 원피스를 하나 사볼까.'
비슷한 나날에 지친 이에게는 스트라이프 무늬로 된 위
로가 필요하다.

스트로베리 쇼트케이크

빵 고르듯 살고 싶다

일본에는 쇼트케이크를 먹는 날이 있다고 한다.

바로 매달 22일.

일본어로 숫자 1은 이치(いち), 5는 고(ご)라고 읽는데

딸기를 뜻하는 이치고(いちご)와 발음이 같다.

그래서 15(이치고)를 얹은 22일이

쇼트케이크의 날이 된 것이다.

어느 날 문득 스트로베리 쇼트케이크가 생각난다면

달력을 확인해보자. 딸기가 올려진 날일지도 모른다.

전혀 다른 날짜라면? 스스로 얹어야 하는 날!

매일 못된 일을 하자

작은 책을 몇 권 만들었더니 잡지사에서 연락이 와서 인터뷰와 함께 무려 사진촬영을 하게 되었다. 어색한 촬영과 인터뷰를 마친 후 자리를 정리하려는데 에디터님이 짧은 질문 하나를 더 하셨다. 다른 지면에 쓰려고 여러 사람의 대답을 받고 있다며 던진 질문은 "일상에서 작은 악마가 된다고 느끼는 순간은 언제인가요?"였다.

바로 대답이 나오지 않아 눈을 끔뻑거렸더니 생각해보고 문자로 답을 보내줘도 좋다고 하며 놓아주셨다. 바로 떠오르는 악마의 이미지는 없었지만 바쁜 잡지 세계에 답이 늦는 건 실례일 것 같아 집으로 돌아가는 길에 답장을 했다.

"일상에서 작은 악마가 된다고 느끼는 순간: 집으로 가는 길에 케이크를 딱 한 조각만 사서 가방에 숨겨 가지고 들어가 가족 몰래 방에서 혼자 먹을 때."

일상에서 악마가 되는 순간이 이런 것밖에 없냐, 악마가 뭔지는 알고 하는 말이냐는 쓴소리를 들을 것 같지만 나 혼자만을 위한 케이크 정도가 나에게 딱 적당한 악마의 행동이라고 생각했다. 남에게 피해를 주지 않는 선에서의 악마라면. 사실 조금 귀엽게 보이고 싶었던 마음도 있었다. 진짜 악마 같은 내 모습을 말할 순 없지….

그러고는 생각했다. 나를 포함해 내 주변의 사랑스러운

사람들이 매일 이런 못된 일을 했으면 좋겠다고. 남을 배려하는 일만큼 혼자만을 위한 행동도 충분히 했으면.

오랜만에 본 엄마의 화장대에서 좋은 브랜드의 바디로션을 발견했을 때 '같이 쓰자고 옷방에 놔둔 건 이게 아니었잖아요, 엄마…' 했지만 사실 기쁘다. 우리는 같은 집에 살면서도 각자의 공간에서 자신만을 위한 못된 일을 하고 있구나. 엄마는 비싼 치약을 사와서는 나에게 속삭이기도 한다. "이건 우리끼리(엄마와 나)만 쓰자. 아빠 것은 따로 놔뒀어."

잠깐, 혹시 이런 면은 엄마를 닮은 건가?

어느 날 친구가 이런 이야길 한 적이 있다. 여자친구와 싸워서 한동안 만나지 않다가 결국 서로 마음이 닿지 않아 관계를 정리하기 위해 만났던 날. 약속 장소에 나타난 여자친구의 손에는 쇼핑백이 몇 개 들려 있었다고. "응?" 나는 그게 무슨 이야기인가 싶었다. 친구는 쇼핑백을 들고 있는 여자친구의 그늘진 얼굴을 보며 '아 여기 오기 전에 쇼핑했나 보네'라는 생각이 들었고, 어째서인지 다시 반할 뻔했다고 한다. 나는 이 이야기가 무척 재미있었다. "어째서?!"

그런 와중에도 여자친구가 자신을 위한 쇼핑을 했다는 사실이 좋아 보였다고 했다. 나라면 "이런 때 쇼핑까지 했나 보네? 넌 나랑 싸운 게 아무렇지도 않니?"라며 쏘아댈 것 같은데(비밀로 하고 싶던 진짜 나의 악마적인 모습). 내 친구는 어쩌면 진작부터 자신과 타인의 '못된 일'을 응원하는 사람이었는지도 모르겠다.

오늘은 어떤 못된 일을 할까. 어째선지 나는 먹는 쪽의 못된 일들만 하고 있는 것 같다. 자기 전 냉장고 안에 음식을 숨겨놓고는 다음 날 일어나자마자 잘 있는지부터 확인하는 나. 오늘의 '못됨'도 성공적이라고 생각하며 씩 웃었다.

맨 밑의 휴지에게 마음이 있다면

회사를 관두기도 전, 카페에서 아르바이트를
하기로 마음먹었다. 마침 알고 지내던 Y언니
의 카페에서 파트타임을 구한다기에
고민 없이 찾아갔다. 이것은 마치 대학
졸업 전에 취직을 했던 것과 비슷한
마음가짐이었을까. 사실 회사를
그만두고 아무것도 안 하는 날들을 보내고 싶지만, 아니
제발 그렇게 하라고 나 자신에게 걱정의 말투로 말하곤
했지만 일터로서의 카페가 내내 그리웠다.

무언가를 계속 기획하고 만드는 일을 직업으로 삼다 보니
하루, 한 주, 한 달의 흐름이 참 버거웠다. 무언가를 완성
했다는 개운함 없이 겹쳐지기만 하는 과정이 나를 짓눌렀
다. 잘한 것에 대한 칭찬은 없고 느리다는 것에 대한 질책
만이 있었다. 물건을 만드는 사람의 일하는 시간까지 단
가로 계산되는 삶이었다. 대표는 "너네 월급도 안 나와"
라는 말을 입에 달고 살았으니 칭찬받고 싶은 마음은 사
치였다. 어쩌면 엄청 고심해서 쓰레기를 만드는 중이 아
닐까 하는 생각까지 들었을 때 퇴사를 결정했다.

퇴사 후에는 무언가를 만드는 일보다 좋아하는 걸 사 모
으거나 소개하는 일이 더 나에게 맞는 건 아닌가 싶기
도 했다. 문구 디자이너로 일하는 하루보다 카페에서 커

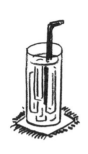

피를 만드는 하루가 더 생산적이라는 생각이 들었다.

카페에서 음료 한 잔을 만드는 것도 누군가의 하루를 기쁘게 하는 일이었다. 곧바로 반응하는 손님들이 많았기에, 내가 만든 것인지 아무도 모를 물건을 만드는 것보다 그 커피 한 잔이 더 값진 기분이었다.

카페에서의 일은 다양했다. 생각보다 할 일이 많다는 건 알고 있었지만, 전에 일했던 카페보다 비교도 안 되게 좁은데도 할 일은 더 많고 손님 또한 많았다. 그 이유는 알고 있었다. 메뉴 하나, 재료 하나, 카페의 흐름 하나하나에 사장인 Y언니의 고집이 담겨 있었으니까. 그저 후다닥 만들어서 가져가라고 주는 게 아니라, 그곳의 모든 것을 파는 분위기였달까. 그 고집을 온전히 이해하고, 혼자서 카페를 지키더라도 분위기를 깨지 않도록 신경 썼다. 좁은 카페 안에는 회색 문이 달린 화장실이 있었는데 화장실이라고 쓰여 있지 않아서 하루에도 수십 번씩 "여기 화장실이 어딘가요?"라는 말을 듣고 "화장실은 저 문이에요"라고 대답해야 했다. 바쁜 와중에 반복되는 질문을 받는 건 정신 사나운 일이어서, 문에 화장실이라는 표시 정도는 해놓는 게 좋지 않나 싶었지만 굳이 쓰지 않는 게 그 카페의 '흐름'이었다. 화장실 문에 화장실이라는 어떤 표시도 하고 싶지 않았던 거겠지. 물어본 적은 없지만 이해할 수 있었다. 커피 한 잔을 마시는 누군가의 시선에

'toilet'이라는 단어가 걸리지 않았으면 하는 마음 아니었을까. 회사에서 제품을 만들 때에는 안 좋은 후기를 피하기 위해 될 수 있으면 자세한 설명을 써두어야 했기에, 카페에서의 이런 흐름이 각별했다.

화장실은 화장실 카페라고 할 만큼 깨끗하고 따뜻한 분위기였다. 어떤 손님은 화장실에 다녀온 후 친구에게 "여기 화장실 진짜 좋아. 방금 잠깐 힐링했어. 너도 빨리 갔다 와"라고 하며 평온한 표정을 짓기도 했다. 설거지를 하며 조금 웃으면서, '그쵸. 그쵸.'

카페의 일은 크게 세 가지로 나눌 수 있었다. 중요한 일. 그 중요한 일을 위한 중요한 일. 중요한 일을 위한 일 중에서도 한가한 시간에 할 수 있는 일.

제일 중요한 메인 업무는 주문을 받고 계산을 하고, 주문받은 메뉴를 만들고, 어울리는 컵과 그릇에 담고, 쟁반에 올려 조심스레 내가서, 주문한 사람 앞에 무사히 놓는 일. 그리고 떠난 자리를 치우고 설거지하고 제자리에 놓는 일.

중요한 일을 위한 중요한 일은 시간이 필요한 메뉴들을 준비하는 일이다. 예를 들면 찬 밀크티를 미리 만들어 냉장고 안에 넣어놓거나, 커피 얼음을 만들어놓는 일(아이스커피에는 커피를 얼려 만든 얼음을 넣었다). 컵, 그릇, 스푼 등을 면 행주로 반짝반짝하게 닦는 일. 케이크를 조각으로 잘라두는 일(뜨거운 물에 담갔던 칼로 잘라야 예쁘게 잘린다). 스무디용 과일을 잘라 1인분의 분량대로 작은 봉지에 넣어 냉동실에 쟁여놓는 일.

그리고 한가할 때 해야 하는 일은 이런 것들이다. 오늘치 정산이 맞는지 체크해보는 일. 원두를 채워놓고 남은 원두의 양을 체크하는 일. 큰 냉장고에서 작은 냉장고로 우유를 옮겨놓는 일. 화장실에 휴지가 있는지 쓰레기통이 넘치지는 않았는지 보는 일, 핸드타월의 상태를 체크해 바꿔놓는 일. 테이크아웃용 컵을 채워놓고 슬리브에 카페 도장을 찍는 일. 카운터에 두는 카페 휴지를 채워놓는 일.

마침 한가한 시간에 '채워놓는 일'을 할 때면 늘 맨 밑에 놓인 것들에 마음이 갔다. 모든 재료와 비품은 떨어지기 전에 채워놓았기에 맨 밑의 휴지는 어쩌면 한참 전부터 그 자리에 놓인 채로 아무런 쓰임 없이 '휴지 자리의 표시' 같은 역할만 해왔는지도 모르겠다는 생각이 들었다. 휴지의 그릇 역할을 하는 휴지라고 할까.

이런 생각이 든 이후로는 무언가를 채울 때 새것은 맨 밑에, 이미 있던 맨 밑의 것은 맨 위에 올려두게 되었다. 그러면 맨 밑의 휴지가 "어머 저요? 야호!" 하고 신나 하는 것 같아 이상하게 개운했다. "정말 긴 시간이었어요. 언제까지 이렇게 있어야 하나 싶었는데, 고마워요!" 휴지의 귀여운 말투가 상상되기도. 이 휴지에게 마음이 있다면, 혹시 내가 맨 밑의 휴지라면 억울할 것 같았으니까.

'아닌가? 오히려 버려지기 싫어서 사람 손에 잡히기 싫을까?'

사람 손에 잡히기 싫어하는 휴지의 표정을 내 멋대로 상상하며 멍해지다가 손님이 문을 열고 들어오면 다시 원래의 바쁘고 예쁜 시간이 시작되었다. 비엔나커피 주문이 들어올 때면 크림을 맛나게 만들어 고운 컵을 골라 진한 커피 위에 다소곳하게 넘치지 않도록 담아 내갔다. 손님이 비엔나커피를 주문하고서 화장실에 가면, 나올 때까지 기다렸다가 크림을 올렸다. 크림을 얹자마자 바로 손님 앞에 놔야 아름다우니까. 그런 시간이 좋았고 예쁜 마음이 생겨났다. 그곳에서는 모든 걸 '내 앞에 놓인다면'이라는 기준으로 만들었다.

나에게 카페 아르바이트의 시간은 잘 연출되어 있는 공간이 얼마나 힘이 있는지에 대한 경험이던 것 같다. 회사 책상에 앉아 모니터 속의 확대될 만큼 확대된 것들만 보며 사느라 시선이 점점 좁아졌다고 느꼈는데, 카페에서의 시간은 공기 같았다. 둥둥 떠다니는 것들을 온전히 바라보고 나를 거치게 되면서 많은 것들을 알게 되고 이해하게 되었다.
손님들의 대화가 들려와 어느 날 누군가를 이해하게 되기도 하고, 올 때마다 같은 음료를 시키던 손님이 다른 메뉴를 시켰을 때 "오늘은 밀크티 안 드시네요"라는 말을 건네고선 내가 이런 말도 할 줄 안다는 사실을 알게 되기도 했다. 작은 부분을 놓치기 싫어 신경을 썼더니 이상한 배려심이 발달되어 일상에 적용되는 것을 느끼기도 했다. 카페의 온갖 다양한 재료들을 접하면서 엉뚱한 생각들이 더 자유로워졌던 나날. 맨 밑에 놓인 휴지의 마음까지 생각하게 되었다는 건 좁은 시선에서의 탈출 같았다.

일이라는 건 버티는 게 아닌, 여전한 마음으로 이어가야 한다는 걸 얻은 후 카페를 그만두었다.

다시 돌아온 내 책상에서, 나의 이야기를 재료 삼아 아주 오랜 시간이 필요한 음료를 만들듯 지내고 있다. 누군가 미소를 지을지도 모른다고 생각하니, 맨 밑에 있는 휴지의 마음을 상상하는 것만큼이나 즐겁다.

개인의 고집

자기만의 고집이 있는 사람이 좋다. 가령 버스를 탈 때 노선에 따라 오른쪽에 앉는 걸 선호한다든가 하는 자신의 틀 안에서만 피우는 고집. 혹은 베개를 베고 자는 방향이 정해져 있어서 무심코 다른 쪽을 베었을 때 잘못됨을 알아차리고는 방향을 제대로 바꾼다거나 하는, 매일매일 어길 수 없는 규칙. 또는 라면을 끓일 때 물이 끓기 전에 '건더기스프'를 먼저 넣어야 한다거나 하는, 딱히 이유 없이 정해져 있는 사소한 순서.

혼자만의 멍한 고집이기에 자각하지 못하다가 번뜩 내 고유의 고집을 알아차리게 되는 순간이 있다. 오랜만에 안국역에서 약속이 있어 성산대교를 건너는 버스에 올랐다. 점심이 지난 시간인데도 사람이 많아 서 있어야 했지만 바로 자리가 났고, 곧 사라질 기쁨을 누리며 자리에 앉았다. 기사님 바로 뒤의 높은 앞자리였다. 내릴 때 조금 긴장이 되지만 가는 동안은 내내 재미있는 자리. 조금 지나 무심코 창밖을 보다가 성산로를 지나 모래내 고가차도에 오를 때 아차 싶었다.
'오른쪽에 앉았어야 하잖아.'
버스의 왼쪽에 앉았음에도 오른쪽 창문을 보겠다고 기어이 고개를 돌리고 있는 나였다. 기왕이면 이 고가를 오른

김에 철길과 공원 그리고 아파트를 따라 늘어선 나무를 멍하니 봐야 하는데 그 시간을 놓쳤다. 대부분 여유 있는 시간대에 버스를 탔고, 무심코 오른쪽에 앉다 보니 수면 위로 올라오지 않던 버릇이었다. 평소에 이런 룰이 있었나 싶다가 금세 기뻐졌다. 나의 작은 선호를 눈치채고 행동으로 옮기는 것은 나에게 고마운 일. 듣고 싶은 말을 듣고 싶은 순간에 듣는 것만큼 기뻤다. 어쩌면 이런 감각이 내 일상에 더 필요할지도 모르겠다.

좋아하는 드라마 〈도보 7분〉에도 개인의 고집에 대한 대사가 나온다. 가장 좋아하는 장면이기도 한데, 주인공이 설거지에 대한 이야기를 늘어놓는 장면이다. 아래층에 사는 이웃이 명란젓을 들고 찾아와서 주인공과 그 이웃은 함께 흰밥에 김과 명란젓을 먹는다. 도쿄에서 똑같은 명란젓을 살 수 있는데도 꼭 후쿠오카 하카타로 출장 가는 동료 직원에게 부탁해서 사 먹는 이상한 이웃이다.

다 먹은 후 이웃은 남의 집에서 밥을 먹었으니 설거지를 하겠다고 들썩였고, 주인공은 이내 말린다. 여기까진 평범했다. 나 또한 친구의 집에 놀러 갔을 때 자주 하던 행동이었고, 내 작업실에 놀러 온 누군가가 다 마신 커피 잔을 치우려고 하면 손을 휘저으며 "그냥 놓고 가요. 제가 나중에 같이 치우면 돼요" 하며 가볍게 말리곤 했으니까. 드라마 주인공도 처음엔 똑같이 말했다. "아니에요. 나중에 하면 돼요." 그럼에도 "아 그래도" 하며 그릇을 차곡차곡 겹쳐 쌓기 시작한 이웃의 행동에 주인공은 망설이다가

강한 어조로 대사를 뱉는다.

"괜찮아요. 이런저런 룰이 있어서. 스펀지에 세제를 남겨 두다거나 하는… 죄송해요. 제가 부엌일에는 조금 신경질 적이어서."

이웃은 그릇을 든 채 조금 황당한 표정을 짓다가는 이내 납득하고 자신의 집으로 돌아갔다.

와, 정말 괜찮은 말이라고 생각했다. 더는 어떻게 할 수 없는 강렬한 거절의 말이었다. 무엇보다 주인공은 자신의 고집을 알고 있다는 것이고, 더 생각해보자면 드라마 작가에게 개인의 고집이 있기에 사소한 장면에서도 이런 대사를 쓸 수 있었을 테지.

아빠가 설거지를 하시면 언제나 스펀지에 세제가 남아 있던 게 생각났다. 남아 있는 정도가 아니라 설거지가 끝난 후 제자리에 놓아둔 스펀지에서는 엄청난 거품이 계속해서 뿜어져 나오고 있을 정도였다. 종종 그 모습을 보며 웃곤 했는데, 어쩌면 그것도 아빠 고유의 설거지 룰이었을까.

그렇다면 나의 설거지 룰은 어떨까. 물에 헹군 그릇을 건조대에 놓을 때에는 나중에 어떤 그릇과 컵을 먼저 꺼내려 하더라도 어려움이 없도록 놓는 걸 좋아한다. 가장 먼저 어떤 게 필요할지 모르니 모든 그릇과 접시는 세로의 느낌으로 꽂아둔다.

냄비로 라면을 끓이거나 프라이팬으로 음식을 만든 후에는 음식을 먹기 전에 설거지부터 한다. 냄비나 프라이팬

이 뜨겁게 달궈진 김에 설거지를 하면 기름기를 금방 닦아낼 수 있기 때문. 게다가 밥 먹는 동안 마음이 조금 더여유롭고, 먹은 후에는 그릇만 닦으면 되니 좋다. 누가 싱크대에 가더라도 깨끗한 싱크대를 만날 수 있다는 것도 중요하다. 내가 남긴 설거지감을 들키기 싫으니까.

설거지를 완료하면 배수구를 깊숙한 곳까지 뽀득뽀득 닦고 마지막으로 화장실에 가서 비누로 손을 닦는다. 그럴 때면 그렇게 기분이 좋을 수가 없다. 고무장갑을 끼고 설거지를 했더라도 꼭 비누로 손을 닦는다. 내 손을 설거지하는 나의 작은 고집.

타인에게 강요하지 않는 개인의 고집은 고요하다. 타인에게서 고집을 발견했을 때 그것이 나에게도 잘 맞는다면 슬며시 동참한다. 작업실에는 주스나 요플레를 먹고 나면 꼭 물로 헹구고 재활용 통에 넣기 전에 부엌 창문 앞에 놓아 물기를 바짝 말리는 사람이 있다. 반나절 동안 말린 후 재활용 통에 넣는 모습이 꽤 감명 깊어서 비타민 음료를 먹은 후에 물로 헹궈 같은 자리에 올려두었다.

'그 고집에 동참합니다.'

기왕이면 세상을 예쁘게 만드는 고집을 키워볼까.

고집이라는 단어는 딱딱한 줄만 알았는데, 나의 선호로부터 생긴 고집들은 말랑말랑하게만 느껴진다.

나쁜 일에는 더하기(+)를

얼마 전에 재미있는 발견을 하나 했다. 시간의 마법에 걸려 지각을 하면서 얻은 사소한 발견이었다. 친구네 집에 모여 같이 점심을 먹고 몇 달 뒤에 함께 떠날 교토 여행 항공권을 예약하기로 한 주말. 친구네 집에 갈 때마다 '맞아, 여긴 생각보다 멀었지'라고 생각했는데, 또 한 번 예상보다 가까울 거라고 여기는 팔자 좋은 착각을 해버린 것이다.

일 약속도 아니고 친구네 집에 가는 편한 약속이지만 지각하는 사람의 마음은 어떤 때라도 급하다. 출발해서 도착하기까지 내내 자책하며 어디까지 왔는지 신경 쓰느라 더 오래 걸리는 기분. '어째서 여유롭게 나서지 못 했을까. 그랬다면 아무 생각 안 하고 갈 수 있었을 텐데!' 하며 지하철역에 정차할 때마다 표지판을 하염없이 째려보다가도 '그래, 지금 이 순간은 아직 지각이 아니잖아? 약속 시간에 맞추지 못하겠지만 당장은 아니지. 벌써 초조해하지 말자. 조금 뒤에 지각이 되면 초조해하자' 하는 말도 안 되는 생각을 넘나든다.
식후 디저트 정도는 사 가고 싶었는데 그럴 시간이 없다는 것에 슬퍼하며 역에 내리자마자 달렸다. 친구가 나를 위해 밥을 하고, 기다리고 있을 것을 생각하니 더 미안해졌다. 이런 날 바보처럼 지각이나 하다니. 나의 하루를 스스로 망친 것 같아 괴로웠는데 저 앞에 반짝이는 스타벅스. 차마 사지 못한 케이크가 생각났다.

'케이크 살까.'

이미 늦어버린 사람이고 어떻게 해도 시간은 돌릴 수 없으니 조금 더 늦더라도 케이크를 사 가자고 결심하고는 스타벅스에 들어갔다. 줄이 길었다. 이럴 수가. 달려서 흘린 땀과 늦었다는 사실에 초조해서 흘린 땀 위에, 예상치 못했던 긴 줄에 당황한 땀이 겹쳐서 흐르기 시작했다. 어제 미리 가방 안에 챙긴 드립백 커피를 떠올리며 커피와 어울리는 케이크 두 개를 포장해서 두 배의 속도로 뛰어 친구 집에 드디어 도착했다. 도착하니 완성된 식사가 식탁에 놓이는 중이었다. 그리고 친구의 말. "딱 맞춰서 왔네. 우리도 이제 막 차렸어." 고마웠다.

친구가 만들어준 명란 파스타와 매실에이드를 먹고 나서 드립백 커피를 내리며 케이크 박스를 열었다. 친구들의 뜨거운 반응에 역시 사길 잘했다고 생각하며 그만 이렇게 말해버렸다.

"그냥 지각한 사람보다 케이크와 함께 지각한 사람이 되는 게 나을 것 같아서 늦었지만 사 왔어!"

친구는 곧바로 "잘했어!"라고 말했고 마치 하이파이브를 한 듯한 기분이 들었다.

그대로 초저녁까지 앉아 노닥거리다가 교토행 티켓 예약

을 끝냈다. "예약 완료!" 하는 친구의 말에 "우리 진짜 여행 간다!"라고 소리쳤고, 친구들도 "진짜 간다!" 하며 맞장구를 쳤다. 넷이서는 처음 떠나는 해외여행의 축하 케이크를 먹은 셈이었다.

"어떤 일에는 불행한 것이 좋은 것이다"(보들레르,『파리의 우울』,「후광의 상실」중)라는 글귀 하나가 생각났지만 '아 좀 다른가' 하고 머쓱하게 웃으며 집으로 돌아갔다. 하지만 이건 분명 좋은 발견이었다. 나쁜 일로 하루를 망쳤다고 생각하는 마음에 작은 좋은 행동 하나를 더하는 방법. '나쁜 일-나쁜 일=나쁜 일 없음'은 인간이 이룰 수 없는 공식이지만 '나쁜 일+좋은 일=나빴지만 좋은 일'은 인간이기에 가능한 공식이다.
'케이크와 함께 지각한 사람'이라고 웃으며 말할 줄 아는 나와, 그 말에 웃어주는 친구들이 있기에 오늘도 임진아식으로 얻은 발견이었다.

치아빠타

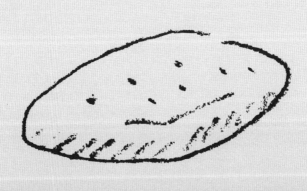

빵 고르듯 살고 싶다

치아바타의 가장 좋은 점은
하얀 가루가 남기는 흔적이 아닐까.
하얀 도화지 같아서 그 안에
무엇이든 끼워 먹고 싶어지는 빵이지만,
사실 입 주변에 흰 가루를 묻혀가며
치아바타만 먹을 때가 가장 좋다.

시간이 필요한 시간

2년간 다녔던 두 번째 회사에서 얻은 건 딱 두 가지였다. 같은 날 퇴사한 두 명의 친구와, 국을 끓이는 방법. 조금 웃기지만 사실이다. 사회에서 사람을 얻는 건 어려운 일이니 결국은 내 쪽이 얻은 게 많은 회사였다고 생각하며, 꽤 오랜 시간이 지난 지금까지도 그 친구들을 만나고 있다.

그렇다면 국을 끓이는 방법은? 두 번째 회사는 가정집을 사무실로 써서 그랬는지 이유는 알 수 없지만 점심밥을 직접 만들어 먹었다. 이것도 웃기지만 사실이다. 십여 명의 직원들이 돌아가며 두세 명석 짝이 되어 점심시간 한 시간 전부터 장을 보고 밥을 짓고 상을 차렸다. 이 덕에 10인분이 넘는 밥과 국과 반찬을 만들어보는 '경험'을 할 수 있었다. 이따금 대표라는 사람이 "오늘은 밥이 질다"라든지 "국이 아주 건강에 좋은 맛이네"라는 식으로 평가를 했는데 그게 맛있다는 말이라 해도 기쁘지 않았다. 점심을 차리는 일도 업무의 연장이라니, 당황스러웠다.

여러 명이 먹어야 하는 국을 끓이기란 쉽지 않았다. 10인분이 넘는 국을 처음으로 끓인 날. 물 양을 어찌 맞춰야 할지 몰라서 사람 수대로 국그릇에 물을 담아 냄비에 부었다. 조금 졸아들거나 좀 더 퍼먹을 사람이 있을지도 모르니 한 그릇 더 담아주는 건 나의 센스. 그렇게 처음 끓여본 미역 된장국은 실시간으로 간을 보면 볼수록 맛이 이상했다. 굳이 표현하자면 된장을 푼 뜨거운 물의 맛이랄까. '깊은 맛이 없어….'

양 많은 이 된장물을 어쩌하지? 취직했다고 엄마가 좋아했는데 오늘 한 일 중 가장 힘들었던 게 국 끓이는 일이라는 건 절대 말 못 해.

옆의 점심 당번 짝꿍은 밥을 한 후 반찬 만들기에 돌입. 늦어지면 또 한소리를 듣기 때문에 얼추 끓은 국은 옆으로 치워놓고 밑반찬을 만들기 시작했다. (참고로 디자이너로 입사했습니다.) 저장 반찬과 방금 만든 밑반찬(이지만 내 마음속엔 하나의 요리)을 그릇에 담고 나서, 국 냄비로 다가가 침을 꿀꺽 삼키며 마지막 간을 봤는데 눈이 커졌다. 맛있잖아? 오늘의 점심이 함께 맛없을 동지에게 이 사실을 전했다.

"국 괜찮아요."

국과 찌개라는 음식은 시간이 필요하다는 걸 처음 알았다. 물음표만이 느껴지는 맛에 아무것도 첨가하지 않고 더 이상 근처에 가지 않았더니 오히려 맛이 생긴다는 것을, 국에 대한 글을 쓸 일이 있다면 이 대목을 꼭 넣고 싶었다.

그리고 최근에 엄마와 저녁을 차리며 참치김치찌개를 함께 끓였을 때 엄마의 입에서 이 과정이 흘러나왔다. "한소끔 끓고 나서 마늘을 넣었으니, 이제 이대로 약한 불에 끓이면 끝이야."

아무것도 하지 않는 시간이 필요하다는 것을, 전혀 상관
없는 상황에 적용하고 있다는 걸 스스로 느낀 적이 있다.
주로 아크릴물감으로 그림을 그리던 시절이 있는데, 그림
을 그린 후 이 그림이 마음에 드는지 어떤지 좀처럼 모르
겠다는 기분이 들곤 했다. 모른다기보다는 내가 모르는
시선으로 내 그림을 보고 싶은 마음이었달까. 그림이 어
떤지 궁금하지만 다른 사람에게 물어볼 용기가 나지 않는
성격 때문일 것이다.
그런 때는 국을 끓이듯 시간을 써서 내 그림을 보곤 했다.
방법은 이러했다.

잠들기 직전에 내 그림을 한참 쳐다본 후 잠자리 가까이
에 놓고 그대로 불을 끄고 눕는다. 아침을 맞이해 눈을 뜨
면 곧바로 불을 켜고 가장 먼저 그림을 본다. 아주 잠깐은
내 그림이 낯선 시선으로 보이는데, 그러면 그림을 그리
는 동안의 감상이 아닌 그림을 본 사람의 감상이 슬쩍 나
오기도 한다. 그런 순간은 때때로 안도를 주었다. 나쁘지

않다고 느끼고는 슬며시 웃으며 그림을 보는 내가 있었다.

국을 끓일 때에는 몇 분가량의 시간이 필요하다. 아크릴
화를 열심히 그리던 시절에는, 그림을 그리는 시간과 아
침을 맞이할 시간이 필요했다. 시간이라는 건 어느 시각
에서 어느 시각까지의 사이를 의미한다. 그 사이라는 건
대상과 나의 간격이다. 이 제목으로 이 글을 쓰는 데에는
얼마만큼의 간격이 필요할까? 그건 생각보다 꽤 길고 넓
지만, 그 간격이 있었기에 이 글을 끓이고 맛볼 수 있게
되었다.
맛은, 내 간에는 딱이다.

프로가 되지 말자

어느 틈엔가 일에 집중하고 있는 나를 느끼면 화들짝 놀랄 때가 있다. 웃기게도 무언가를 열심히 하거나 미리 해두려고 할 때, 그런 내가 재수 없거나 혹은 어울리지 않는다고 느껴져서 열심히 하는 걸 그만두고 싶어진다.

운 좋게도 기까이에 일이 있었고, 어떻게든 해내곤 했다. 연습할 시간도 없이 처음 해보는 일들이 대부분이었기에 아찔했는데, 그 일화는 이러하다.

첫 직장에 들어가서 처음으로 태블릿이라는 도구를 알게 되었다. 입사 첫날 태블릿을 만져보며 사용법을 익혔다. 연습 시간은 오래 주어지지 않았다.

그림을 그리고 싶었지만 배워본 적이 없기에 그리고 싶은 이야기를 글자로 나열해본 후 그림처럼 그리듯 쓰며 처음으로 아크릴물감으로 칠했다. 인터넷을 뒤져가며 '나모 웹에디터'로 만든 개인 홈페이지에 올렸더니 마치 그림을 그리는 사람처럼 보였다.

제품 디자이너로 취직했을 때에는 MOQ^{Minimum Order Quantity}라는 단어조차 몰라서 상사가 놀라워하는 모습을 지켜봐야 했다. "거기 MOQ가 어떻게 된대? 전화해봤니?" "MOQ가 뭐예요?" 직원 모두가 나를 쳐다봤다. 처음 발주해야 했던 제품은 5,000개였고, 발주서를 작성할 때 어찌할 줄 몰라 전 디자이너가 작성한 발주서를 참고서 삼아 하나하나 따라했다. 그 안의 단어들을 이해해내고 싶었다.

에세이 표지 작업을 하며 처음으로 만년필을 사용하고 싶어졌고, 그 그림이 나의 첫 만년필화였다. 도구에 대한 이해도 연습도 없이 그려본 그림으로 돈을 벌었다.

이렇게 나열하니 우습기도 하고 뻔뻔한 자랑처럼 보이기도 하지만, 각자의 인생에 맞추어진 아찔한 고비들은 어쩔 수 없이 존재한다. 당연하게도 모든 일의 과정에는 무수히 많은 무너짐과 실수가 있었다. 그럼에도 불구하고 낙서 같은 그림들을 계속 그렸고, 나의 방향성이 보이는 책을 꾸준히 보고 수집하며 나름대로 공부를 했다. 내 이야기로 종종 책을 만들며 결이 맞는 곳과 일을 했더니 어느덧 작업실이라는 공간을 필요로 하는 일상이 생겼다. 신기하게도 느낌 좋은 낙서, 담백하고 귀여운 그림을 필요로 하는 곳이 있었기에 꾸준히 일로서 해올 수 있었다. 좋은 세상이다.

하지만 이 마음이 너무 커져서 크게 다친 적이 있다. 잘하고 싶은 마음에 평소의 느낌에서 조금 더 힘을 주었더니 "너무 프로처럼 하려고 한 것 같아요"라는 피드백이 돌아왔다. 그러니까 임진아라는 사람이 그리는 그림은 무언가 엉성하지만 귀여운, 낙서 같지만 편안한, 조금 못 그려도 마음이 가는 그런 그림이어야 하는데 그 눈앞의 그림은 그렇지 않았던 것이다. "아마추어가 프로인 척하려고 하는 그림 같아요."

어렴풋이 느끼고만 있던 내 선을 넘은 것 같아 부끄러웠다. 선이라는 건 한계라고 말할 수도 있을까. 거봐, 나는 잘하면 안 되잖아. 열심히 일하다가 왜 화들짝 놀라지 않았을까. 왜 재수 없다고, 왜 어울리지 않는다고 느끼지 않았을까. 전화 통화로 듣기 힘든 이야기를 들으며 고개를 숙인 채 내 발만 만지작거렸다. 천장만 보던 아기였을 때부터 이 발을 만졌겠지.

이 일화는 나의 작업 생활에서 크게 필요치는 않다. 소중한 조언으로 받아들일 필요도, 괴로운 한마디로 각인할 필요도 없다. 하늘 한 번 보고 '개미의 일이라고 생각한다면 보이지도 않는 작은 일이라네!'라고 생각해버리면 그만이다. 하지만 작업을 하다가 화장실에 가서 손을 씻을 때 종종 생각한다.

'프로가 되지 말자.'

프로가 되는 기분은 아마 평생 모를 것이고 모르고 싶다. 처음으로 만년필을 사용해보는 설렘을 유지하고 싶고, 처음 사본 종이에 안 쓰던 색으로 인쇄를 하며 또 한 가지를 나로 인해 배우고 싶다. 엉성해서 알게 된 우연한 기능들을 계속 발견하고, 이런 것들로 돈을 벌며 그 참에 많은 사양들을 시도해보고 싶다. 그렇게 작업을 해내며 완성된 시안을 메일에 첨부했을 때의 걱정 반 기대 반의 기운을 꽤나 좋아하고 있는지도 모르겠다.

얼마 전에 의뢰받은 책의 삽화를 그리며 문득 삽화란 무엇인가 생각했다. 나는 어떤 기준으로 장면을 구상하며 그려내고 있는지 보았더니, 내가 그리고 싶은 삽화의 기능은 이러했다. 재미가 있어서 잔웃음이 나올 수 있거나, 기운이 나게 하거나, 삽화가 있는 페이지 안에서 잠시라도 생각할 수 있도록 시간을 주는 것. 글을 따라 책을 넘기던 독자가 삽화에 눈을 두었을 때, 글 그대로의 장면을 그저 보는 것이 아니라 글과 삽화 사이의 분명한 이어짐을 느끼며 어떤 작용을 받기를 바란다. 그리고 이 모든 것들은 내가 구현할 수 있는 정도에서 그려낼 것.

이 세상 모든 삽화의 기능이 아닌 임진아라는 사람이 그리는 삽화에 대한 이야기이다. 화려한 그림을 그리고 싶은 것도 아니거니와 그릴 줄도 모르고, 여러 가지 툴을 다룰 줄 아는 것도 아닌 내가 삽화를 그린다면 이 세 가지 기능은 잊지 말자고 다짐했다.

어머나. 이런 생각을 할 줄 알다니. 모처럼 진지하게 생각에 빠져 있던 내 모습이 괜히 머쓱하다. 언제나 나의 칭얼거림을 받아줄 여백을 위해서라도 나에 대해 놀라는 시선을 잃지 말아야지. 할머니가 되어서도 꾸준히 새삼스러운 나를 느끼고 싶은걸.

엊그제 기억법

늘 이상했다. 소중하다고 생각한 순간들은 언제나 쉽게 사라지는 것 같았다. 왜 그런지 애써 생각하진 않았다. 당장 마주한 '지금'을 무덤덤하게 살 뿐이었다. 흘러가 버린 물은 다시 쳐다봐도 보이지 않는다는 걸 알기에 쉽게 체념했다.

이야기를 쓰는 사람이 된 후 처음 연재한 만화의 제목은 '엊그제'였다. 혼자 있을 때 든 단편적인 생각이나 주변 사람과 나눈 대화 등을 기록한 한 페이지 분량의 만화였는데, 나에게 소중한 순간이란 건 생각보다 훨씬 더 사소해서 그것들을 잊지 않고자 시작한 일이었다. '엊그제'라는 말은 지나간 날에 대한 그리움을 담아내기에 좋은 표현이라고 생각했다. "그때가 엊그제 같은데"라는 식의 표현은 꽤 자주 사용하니까. 하지만 우리의 엊그제는, 잘 기억되고 있는 걸까?

서울에서 아주 평범하게, 보통 정도로 빠듯한 가정에 속해 살면서 잦은 이사를 겪다 보니 걸러지고 버려지는 것도 많았다. 이사라는 건 어쩌면 이 도시의 뜰채인지도 모르겠다. 어린 시절의 그림일기, 처음으로 좋아했던 동화책, 팬클럽에 가입했을 때 받았던 이상한 굿즈들, 반짝이는 메시지가 적힌 크리스마스카드는 이제 완전히 사라지고 없다.

최근에 또 이사를 하게 되면서 무덤덤하고 능숙한 마음가짐으로 다시 한 번 간직할 것과 버릴 것을 정리하는 시간을 가졌다. '한 번 더 간직해보자' 하며 보관을 연장하는 것들이 있는 반면, 내 속을 시원하게 하려고 우르르 버리는 것들도 많았다. 거른 지 얼마 안 된 것들을 또 한 번 뜰채로 걸러냈다.

이삿짐을 싸다가 노오란 색의 작은 사진앨범 몇 권을 발견했다. 딱 봐도 오랫동안 열린 적 없는 것 같은 자세로 놓여 있었다. 먼지를 털고 열어보니 중고등학교 졸업식 때 사진이 들어 있다.

"어머 세상에…."

나의 지난 얼굴과 모습에 다른 의미로 감탄하며 그대로 자리에 앉아 사진을 한 장 한 장 자세히 보기 시작했다. 끌끌끌 웃으며 보는데, 문득 뭔가 이상했다. 친한 친구와 꽃다발을 들고 찍은 사진에는 우리처럼 사진을 찍고 있는 사람들의 모습이 사방에 널려 있었다. 함께 학교를 다닌 기억이 졸업식이라는 일시적인 이벤트로만 기록되어 있다는 게 너무 이상했다. 사진은 꽤 많았지만 여기저기 추억을 남기려는 모습들뿐, 내가 정말로 기억하고 싶었던 장면은 그 어디에도 남아 있지 않았다.

어느덧 웃음이 걷히고 그늘진 얼굴로 앨범을 한 장 한 장 넘겼다. 수업이 끝나고 청소까지 마치고 나서 교실을 나와 아무도 없는 복도를 걸었던 방과 후, 친구 책상에 걸

터앉아 떠들거나 혼자 시디플레이어로 노래를 듣던 쉬는 시간, 모래바람이 부는 매점 앞에서 사 먹던 빵 봉지에 묻은 눅눅한 잼⋯ 그리고 어느 날 점심시간 등나무 밑에서 "나는 있지. 마흔 살에 죽고 싶어"라고 말하던 친구의 표정도. 그 다음 날 "네가 죽으면 그게 언제가 되었든 나는 많이 슬플 거야"라고 적은 편지를 써주었고, 친구는 그날 점심시간에 내 편지가 기쁘다고 말했다. 친구는 그 편지를 아직 간직하고 있을까?

복도에서 친구들과 별것 아닌 일로 웃다가도 '언젠가는 이렇게 같이 걸을 수 없게 되겠지'라는 기분이 들었지만 늘 부정했다. '이 순간도 언젠가 사라질 테니 기록하자!'라는 마음을 자주 곤두세우고 싶지 않았다. 슬픈 걸 싫어하는 나이였으니까. 하지만 그 복도를 걷는 친구의 뒷모습 사진 한 장 정도는 간직했다면 좋았을 걸. 그저 평범하고, 그렇기에 소중한 날들을 대변하는 한 장의 사진을 남겨두었다면.

다른 반의 모르는 아이들이 뒤에 우르르 찍힌, 내 것이 아닌 꽃다발이 아무렇지 않게 걸쳐 있는 사진뿐이라니⋯ 이건 너무 이상하잖아.

마치 내가 소중히 여기는 사소한 기억들이 이 앨범에 아슬하게 매달려 있는 것 같았다. 시간이 더 지나 무감각해지면 그 기억들은 결국 손을 놓고 영영 사라질 것 같아 아찔했다. 당장 쓸 일이 없어서 가장 늦게 꺼낼 것들만 모아 놓은 박스에 노오란 앨범들을 넣고 마저 이삿짐을 챙겼다. 그리고 짐들은 새로운 동네로 옮겨졌다. 이번 뜰채에 걸러진 '엊그제들'은 지금 기억하고 있는 것들과 함께 잊히지 않기를. 그리고 새롭게 시작되는 일들은 조금 더 신경 쓴 엊그제로 만들어보자고 다짐했다.

지난날은 어쩔 수 없이 엊그제가 된다는 걸 인정하는 마음을 감추지 않는 것. 내가 이삿짐에 함께 챙긴 엊그제 기억법이었다.

좀 골라본 사람

고등학생일 때부터 첫 직장을 다닐 때까지 엄마는 광화문 종로구청 근처에서 카페를 운영하셨다. 외삼촌의 마지막 선물과도 같은 엄마의 일터였다. 말이 카페지 점심에는 돈가스나 오징어덮밥 등의 런치 메뉴를 팔고 낮에는 커피와 음료를, 밤에는 양주와 맥주를 파는 곳이었다. 이런 카페에는 몇 가지 특징이 있다.

하나, 커피는 커피메이커로 내린다. 머신이 있는 것도 아니었고, 전문적으로 커피를 다루는 곳이 아니기에 핸드드립으로 내리는 것도 아니었다. 엄마가 마시는 커피를 손님들에게도 파는 느낌이랄까. 하지만 맛은 좋았으리라 생각된다.

둘, 주스 메뉴는 마트에서 파는 페트병에 담긴 주스를 따라서 준다. 손님이 주스를 주문하면 긴 유리잔에 얼음을 가득 채우고 주스를 따라서 내가는, 그야말로 '오렌지 쥬우스' '포도 쥬우스'라는 메뉴가 있는 곳이다. 그 덕에 엄마의 카페에 가면 늘 주스가 있었고 그것이 나의 음료였다. 내가 하도 마셔댔더니 엄마는 참다못해 파는 거니까 그만 마시라고 하셨다. 그 이후로는 오렌지주스, 포도주스, 사과주스 중에서 가장 양이 많이 남은 것을 조금씩 마시곤 했다.

셋, 주인과 손님이 곧잘 대화를 한다. 근처 신문사의 기자

나 직장인 아저씨들이 단골이었다. 엄마는 손님들과 친숙하게 인사를 나누었고 가끔 손님 자리에 앉아 같이 수다를 떨곤 했다. 그만큼 한가한 가게였으니까. 엄마한테 친한 척하는 아저씨들이 마음에 안 들었고, 엄마에게 자꾸만 농담을 하는 아저씨가 있으면 줄곧 째려봤다. 일부러 "엄마!" 하고 크게 부르기도 했다. '여기에 이만큼 큰 징그러운 딸이 있답니다?' 하며 말이다. 내 눈에 엄마는 너무 예뻤으니까.

카페 이름은 '숲속의 공간'이었다. 내가 아주 어렸을 때 아빠가 동네에서 운영하시던 레스토랑 이름은 '숲속'이었다. 서울 태생인 두 사람은 '숲속'이라는 말을 좋아했다. 여담으로 그 시절 엄마가 동네에서 운영하던 옷 가게의 이름은 '블랙 센스'였다. 작은아빠가 지은 이름이라고 하는데, 어린 자녀들이 있는 어린 어른들이 둘러앉아 가게 이름을 정하는 모습을 상상해보면 새삼 귀엽게 느껴진다. "형수님, 블랙 센스 어때요?"라는 말에 "어머 좋네요!" 했을 엄마를 그려보곤 한다.

엄마의 카페가 아직 남아 있었더라면 내가 이어서 했을 텐데⋯ 광화문에 있는 엄마의 가게를 이어서 운영하는 일러스트레이터. 멋지지 않은가?

엄마의 카페 덕에 고등학생 시절 토요일이면 광화문에 갔다. 친구들과 어딘가 가지 않으면 엄마 가게에 가는 게 고정된 스케줄이었다. 고등학교는 발산역에 있었으니 지하철 5호선을 타고 한 번에 가면 편할 텐데 여행이라도 떠나듯 빨간 버스를 타고 갔다. 한적한 곳으로만 다니는 노선이었고 시간은 당연히 더 오래 걸렸다. 나의 몇 안 되는 사치였다. 커다란 시디플레이어를 가방에서 꺼내 다리 위에 올려놓고 좋아하는 노래를 들으며 엄마에게 가는 시간을 즐겼다. 그렇게 주말에 광화문에 가면 엄마가 해주는 점심밥을 먹고 같이 교보문고나 인사동에 놀러 가는 게 일상이었다.

"자 이제 골라."
교보문고에 도착하면 엄마는 늘 이렇게 말씀하셨다. 그러면 나에겐 30분가량의 시간이 주어졌다. 엄마와 찢어져서는 평소에 갖고 싶었던 시디나 책을 한참 구경한 뒤 오늘 가장 사고 싶은 것을 두 손에 꽉 쥐고 엄마에게 가져가면 그걸 사주셨다. 어느 날은 살 것이 이미 정해져 있어서 엄마의 한마디에 바로 튀어가 후다닥 집어 들고는 다음에 고를 것들을 찬찬히 구경하다가 엄마에게 가져가기도 했다. "골랐어? 오늘은 이거야?"라며 엄마는 자신이 고른 책 한 권과 함께 계산을 해주셨다. 내가 고른 것에 대해 한 번도 왜 이런 걸 사느냐며 찡그린 적이 없었다.

그때는 학교에 가는 날에만 용돈을 받았다. 늘 아침에 만원을 받았는데 그걸로 등하교 차비, 점심밥, 간식, 야자전 저녁밥까지 쓰고 나면 천 원 정도가 남았다. 학교 급식이 없어서 점심은 도시락을 싸오거나 학교 앞에서 사 먹었으니 하루에 만 원이라는 용돈은 턱없이 부족했다. 한 달치 용돈을 받는 친구들이 부러웠으나 크게 불만은 없었다. 다만 공부 외에는 좋아하는 걸 좋아하는 일만이 유일한 할 일이었던 나이였기에 사고 싶은 게 너무나 많았고, 일기장에는 늘 사고 싶은 시디와 책의 목록이 넘쳐났다. 결국 그것들은 점심이나 저녁을 굶어야만 더 빠르게 손에 넣을 수 있었다. 어쩌면 굶어서 시디를 산 마지막 세대가 아닐까.

그렇기에 엄마가 데려간 교보문고는 겨우겨우 도착한 아이템 창고였다. 엄마가 사준 시디는 집에 가는 엄마 차 안에서 가장 처음 재생했다. 서울의 밤은 불빛이 많았고 옆에는 엄마가 있었다. '카메라 옵스큐라Camera Obscura'의 시디를 샀던 날, 사직터널을 지나는 차 안에서 함께 들었고 엄마는 어떤 트랙을 한 번 더 듣고 싶다고 하셨다. 어느 곡이었을까.

"고등학생은 이런 걸 읽어야지"가 아닌 "뭐든 하나 골라 봐"의 시간은 십 대 자녀 교육에는 꽤나 좋은 방식이 아니었나 싶다. 이제 와 생각해보면 말이다.

중고등학교 내내 시험 성적표를 보여달라는 말조차 안 하셨던 걸 보면, 그런 타입의 사람이자 부모였지 딱히 계산된 교육 방식은 아니었던 것 같지만.

초등학교 1학년 때 분식집에서의 기억을 돌이켜보면 분명 그렇다. 엄마와 늘 다니던 동네 분식집에 갔던 날, 같은 반 남자아이들이 여럿 있어 당황했다. 물냉면을 먹으러 간 거라 메뉴판을 보고 고를 필요도 없었지만 엄마는 다정하게 "진아 뭐 먹을래?"라고 물으셨고, 물냉면이라고 말하는 내 목소리를 남자아이들이 듣는 게 싫어서 엄마 귀에 대고 속삭였다.

'물냉면….'

"응? 뭐라고?"

다시 묻는 엄마에게 더 가까이 다가가서 다시 속삭였다.

'물냉면.'

물냉면을 먹고 집에 돌아가자마자 엄마는 나를 앉히고 두 손을 잡은 후 말씀하셨다. 원하는 것이 있을 때에는 자신 있게 말해도 된다고 말이다. "쑥스러워할 거 없어. 진아가 먹고 싶은 거 확실하게 말해야지. 아까 왜 그렇게 자신 없게 말했어?" 그때 나는 '내가 아까 왜 그랬지' 하며 반성한 것이 아니라, 지금 이 얘길 단둘이 있을 때까지 기다렸다가 해주는 엄마에게 고마움을 느꼈다.

그렇게 차근차근 내가 원하는 것을 고르는 마음과 시간을 엄마에게서 배웠다. 그 덕에 지금 이렇게 '좀 골라본 사람'이 된 것이다.

지금도 가끔 환기가 필요할 때면 무엇이든 고르는 곳으로 나 자신을 데려간다. 그러곤 '자 뭐든 골라보자' 하는 기분으로 천천히 눈을 두며 걷는다. 꼭 무언가를 사지 않더라도 이 시간만으로도 충분히 기분전환이 된다. 꼭 원하는 걸 사는 것이 목적이 아니라 여러 시간 중에서도 고르는 시간을 고르는 것 또한 좀 골라본 사람의 선택인 것이다.

일을 하다가 옆에 있던 도시락 전단지라도 손에 쥐면 일할 때 불어오지 않던 집중력 바람이 단숨에 불어온다. '지금 만약 이 중에서 무언가를 먹는다면?'이라는 가정을 던지면 주저앉으려고 하던 정신이 허리를 꼿꼿하게 세운다. 집중력에도 종류가 있다는 사실이 이 사례로 입증되었다. '자 이제 골라봐'의 마법은 이렇게나 대단한 것. 그렇기에 어느 힘든 날 그저 빵 고르듯 살고 싶다는 생각이 들었고, 그 생각이 나를 이 책을 쓰는 일로 이끈 것 아닐까. 빵 고르듯 살고 싶어진 것에 대한 역사도 존재하는 법이니까.

비스코티

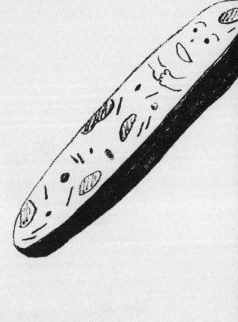

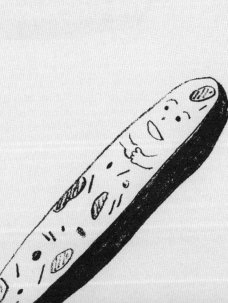

비스코티는 이탈리아어로 '두 번 굽는다'라는 뜻이라고 한다.

카페에서 일할 때는 비스코티 굽는 날이 좋았다.

모카빵처럼 두툼하게 구워진 빵을 길게 자른 후,

한 번 더 구워야 완성되는 비스코티는 가장자리의

작은 부분이 늘 남았기에 내 입에 들어오곤 했다.

갓 만들어진 비스코티 냄새를 맡으며 먹는,

아직 따뜻한 비스코티 꽁다리는 그 의미대로 두 번 행복한 맛.

배려 놀이

뭐든 놀이로 생각하는 것을 좋아한다. 예컨대 회사에서 심각한 회의를 할 때면 다른 사람들과 함께 잔뜩 찡그린 진지한 표정을 짓고 있으면서도 속으로는 '사회생활 놀이를 하는 중이라면?' 하는 심상치 못한 생각을 한다. 그러면 상황 자체가 시트콤으로 느껴지고, 테이블에 모인 사람들의 캐릭터가 두드러지며 대사 하나하나가 웃기게 들린다. 실시간 시트콤에 푹 빠져서 엉뚱한 생각을 하다가 대표의 내지르는 큰소리에 어깨부터 반응해 화들짝 놀라기 일쑤였는데, 화는 잘 내지만 사실 조금 여린 캐릭터인 대표는 이런 대사를 하는 것이다.

"왜 그렇게 놀라. 심장이 안 좋아?"

그럼 이제 내 대사 차례.

"네."

"진짜? 어, 미안."

괜찮다는 표정을 하고서 떠다 놓은 물을 마시며 생각한다. '좋진 않겠죠.'

뭐, 좋진 않을 테다. 심장 좋은 사람이 어디 있겠어. 나는 거짓말을 한 게 아니라 여러분이 제공해준 이 시트콤 같은 상황에 제일 몰입하고 있는 것.

자신을 잘 아는 사람이 없듯이, 지금의 내 행동이 진심인지 거짓인지 알기 어려운 순간도 있다. 지금 이 삶도 실화인지 허구인지 모르겠는걸. 실시간으로 내뱉은 나의 말에 매번 놀라며 마치 애드리브만으로 이루어진 콩트 무대에 오른 기분이 들기까지 한다. 친구의 말에 대답을 해놓고도 '내가 이런 말을 하는 날이 오다니' 하며 조금 두근거린다. 사실은 예전에 본 드라마에 나온 대사였고 언제 한 번 써 먹어보고 싶어서 기억해두고 있었기에, 그 상황을 만나자 마자 누워 있던 대사가 힘을 받아 내 입에 쩍 붙어 내뱉어지는 것이다.

'지금이야! 앞으로 2초 뒤면 타이밍 놓친다!(펄떡펄떡)'

적절한 대답이었으니 거짓을 말한 건 아니지만 왜인지 내 삶이 드라마 같아져서 이번 생이 괜찮게 여겨진다. 아주 잠깐이지만.

일상에서 여러 놀이를 만들어내고, 나를 그 무대 위로 올리곤 하는데 그중 즐겨 하는 게 배려 놀이다. 이 놀이는 지나치게 신경 쓰는 성격에서 나온, 어쩔 수 없는 놀이이 기도 하다. 이 행동에 놀이라는 단어를 붙인 이유는 단 하 나. 거짓으로 하는 행동이 아니라 그저 자연스레 즐기는 일이기 때문에. 이런 나를 잘 아는 애인은 "제발 신경 좀 그만 써"라고 말하지만 조절 가능한 일이 아니다.

이 '신경 쓰임'이 배려 놀이가 되는 건 쉽다. 퇴근길에 괜히 편의점에 가고 싶어질 때가 있다. 먹고 싶은 건 없지만 일 단 들어가서 먹고 싶은 걸 발견하는 놀이를 하러 편의점으 로 향하는데 아르바이트생이 편의점 앞에서 모처럼 담배 를 피우며 쉬고 있다면? 그 장면을 보면 멈칫하지도 않고 원래 걷던 템포를 유지하며 편의점을 지나친다.

아주 짧은 순간이지만 담배를 보니 이제 막 나온 듯하고, 모처럼 쉬는 시간을 방해하고 싶지 아니하며, 그의 일상 을 나로 인해 바꾸고 싶지 않기에 배려 섞인 놀이로 그냥 집에 가는 것. 그리고 덤으로 나도 괜한 돈을 쓰지 않게 되 었다는 해피엔딩 배려 놀이. 앞에서 담배를 피우건 말건 당연히 신경 쓸 일이 아니지만 가끔은 세상의 작은 것 하 나조차도 바꾸고 싶지 않을 때가 있다. 이런 걸 배려 놀이 라고 부른다.

아예 반대 경우인 배려 놀이를 하기도 한다. 읽던 책을 마 저 읽기 위해 작업실 가는 길에 좋아하는 카페에 들른다. 가운데에 큰 테이블이 있고 나머지는 2인용 작은 테이블들이 있는 곳이라 나는 당연히 2인용 테이블에 자리를 잡는다. 주문한 아이스카페라테가 나오고 책을 펼친다. 나를 가운데에 두고 양쪽의 테이블은 모두 두 명씩 온지라 대화가 끊이지 않았고 한동안 책에 눈만 둔 채 집중하지 못했다. '남자분은 목소리가 작은 편이네.' 자꾸만 떠오르는 생각이 눈앞의 문장을 덮는다. '여자분은 목소리가 너무 크고 끝이 뾰족해. 그래서 나에게 날아올 때 귀에 박히는 기분. 뭉뚝했다면 스쳐 지나갔을지도.' 마치 이 문장이 쓰여 있는 것처럼 눈의 위치가 자연스럽게 마지막 페이지의 끝으로 옮겨져 있다. 몇 번을 다시 읽느라 몇 장 안 남은 책이 진전이 없다.

어느덧 점내는 사람들로 꽤 채워져서 큰 테이블의 세 자리만 남아 있다. 혼자 온 사람들이 테이블 한쪽 방향에 앉아 있어서 빈자리 어디에 앉더라도 애매한 상황. 나의 커피 양을 체크해본다. 응, 아직 반이 남았으니 누가 오더라도 눈치 볼 필요 없겠다 싶어 조금 마음이 놓인다. 이제는 책을 좀 읽자! 귀에 이어폰을 꽉 끼우고 노래를 크게 튼다. 독서하기 좋은 시간과 장소가 맞물려 좋은 시간을 보낼 수 있었고 잠시 후 카페라테가 한 모금 남았을 때 손님 두 명이 들어온다.

사장님은 테이블의 남은 자리를 가리키며 "자리가 협소한데 그래도 괜찮으시다면…" 하고 안내하고, 손님 두 명은 두리번거리며 내 앞의 커피 잔에 시선을 잠시 두더니 쭈뼛대며 큰 테이블 쪽 자리에 앉는다. 나는 생각한다. '방금 내

커피를 봤어… 정확하게는 커피 없는 커피 잔.'

여섯 명이 앉는 테이블에 혼자 온 손님 두 명과 새로 온 손님 두 명이 마주 보게 된 상황. 이때 발동하는 배려 놀이 레이더. 어차피 슬슬 나갈 때가 되었는데 마침 딱 좋은 계기가 찾아왔다는 생각이 든다. 가만히 책에 눈을 두고는 소리에 집중한다.

커피를 두 잔 시켰으니, 커피가 두 잔째 내려졌을 때 일어나는 게 좋다. 커피가 내려서는 중에 일어나면 새로 온 손님은 내 자리를 탐할 것이고, 사장님은 내 자리를 치우러 와야 할 것이다. 그건 좋은 커피를 만드는 시간을 방해하는 일이니 배려 놀이가 될 수 없다.

한 잔, 그리고 두 잔째의 머신이 멈추자 그제서야 일어나짐을 챙긴다. 곧장 일어나 나가면 되지만 일어난 후 가방에 짐을 넣는다. '사장님 제가 가려고 일어났답니다.' 이것은 사장님에게 보내는 사인이다. 커피는 무사히 만들어졌고, 두 손님은 "저기로 옮길까?"라고 말한다. 사장님은 나에게 안녕히 가시라고 하며 내 자리를 치우러 오고 이번 카페 신은 컷.

"피곤하겠다"라고요? 이런 걸 굳이 놀이라고 하는 성격이라니 정말 유감이지만, 세상은 나쁘게 변하지 않았고 아무도 몰라주는 배려라고 할지라도 그냥 혼자서 조금 만족감을 얻는 것만으로 대충 즐겁다는 생각이 든다. 카페 장면에서 혼자 온 손님으로 다음 신을 위해 퇴장하는 역이라고 생각하면 그 퇴장하는 걸음마다 군이 최선을 다하게 된다. 그럼, 나머지 장면을 부탁해요. 저는 다른 배려 놀이를 하러 이만.

지난날의 나로부터

이십 대에 쓴 일기를 보면 반은 웃기고 반은 귀엽다. 물론 그 사이마다 그때의 슬픔도 느껴지지만.

이십 대 때 좋아하던 밴드의 이름을 알아내기 위해 오랜만에 늘어간 옛 블로그에 한참을 머물렀다. 짬짬이 써둔 글들을 읽다 보니 무엇을 찾으려던 것인지 잊어버렸다. 잊어버린 동시에 찾지 않아도 됨으로 바뀌었다. 마치 대청소를 하다가 고교 시절에 쓴 다이어리를 발견하곤 그 자리에서 전부 읽느라 청소하던 걸 잊어버리는 것처럼.

이런 옛 기록들은 재미있을 수밖에 없다. 수업 중 친구와 주고받던 쪽지, 어느 날 사 먹은 초콜릿 포장지, 돈을 벌면 사고 싶었던 것들의 목록 등 쓸데없는 것만 기록되어 있으니까.

몇 년 전의 일기를 보니 지금의 내가 어째선지 타당해 보였다. 문장을 조금 바꿔 표현해보자면, 그때의 일기 속에 비치는 짧은 생각들이 지금의 날들에 대해 끄덕여주고 있는 기분이 들었다. 조금만 더 바꿔보자면, 그저 지난날을 회상하며 '그래도 그때가 나았지…'라고 단순하게 말해버리는 어른이 아닌 '그래서 이렇게 되었구나'라고 생각하기 위해 적혀 있는 것 같았다.

몇 해 전의 게시물에는 이런 문장이 적혀 있었다.

"매일 전생 같은 기억을 만들며 살고 있다. 마흔이 되었을 때 울적하지 않게 지낼 수 있을까."

스물일곱의 순간이었다. 기억력이 꽤 좋은 편이지만 이 문장을 언제 어떤 마음으로 무슨 일 때문에 썼는지는 기억나지 않았다. 그로부터 5년이 지난 어느 날, 그때보다 마흔 살에 더 가까워진 사람으로서 그 문장을 보니 어째서인지 안심이 되었다. 마흔의 울적함을 조금은 알 것 같아서일까? 마흔이 되어도 지금의 나와 울적함의 종류는 다를지언정 그 감정이 계속될 거라는 것을 인정하게 되었다.

매일 전생 같은 기억을 만들며 산다고 쓴 건 어째서였을까? '어디 보자' 하며 강 건너에 있는 사람처럼 그때의 나를 돌이켜보았다. 두 번의 퇴사를 했음에도 새로운 회사에 입사하는 실수를 범한 해였고, 10년 넘게 함께 산 강아지가 죽은 지 얼마 지나지 않았을 때였으며, 친하게 지내던 누군가와 자연스레 멀어진 때였다.

이 사실을 떠올리자 위로가 되었다. "매일 전생 같은 기억을…"이라고 적던 스물일곱의 내 모습조차 정말로 전생 같은 기억이 되어버렸으니까. 과거의 내가 적어둔 짧은 문장으로 인해, 잊었던 전생 같은 기억들이 드문드문 떠올랐다. 어쩌면 좋아하는 과자를 뿌득뿌득 씹으면서 쓴 문장일지도 모른다. 이런 생각이 들자 '울적함'이라는 표현조차도 귀엽게 여겨지는 것이다.

그날 밤, 블로그에 오랜만에 일기를 썼다. 이제는 '울적함'이라는 말로 설명하기 힘든 감정을 느끼며 새로운 하루를 살고 있는 지금의 내 시선을 몇 년 후의 나는 어떻게 기억할까.

'이 감정 뭔지 알지' 하며 또 모니터 앞에 턱을 괴고 앉아 있으려나. 그랬으면 좋겠다.

2017년 어느 봄날의 일기.

날씨: 미세먼지 심한 줄도 모르고 바람은 눈치도 없게 잘도 분다.

요즘은 인생이라는 게 너무 슬퍼서 내 인생에 집중을 할 수가 없다.

영화를 보러 들어간 극장 안에서 내내 '영화를 보고 있다'라는 생각만 하며 앉아 있는 기분이다.

청을 녹이는 시간

목이 따끔거려 산책 중에 유자차를 사온 어느 저녁. 유자
청을 한 술 떠서 컵에 담으려는 순간, 꽤 멀리까지 던져졌
던 감각이 되살아나며 잊힌 소리가 들렸다.

"뜨거운 물 좀 더 부어주세요."

카페에서 날 부르던 손님의 소리였다. 자몽티를 주문했던
그 손님은 불쾌하지도 그렇다고 해맑지도 않은 목소리로
나를 다시 불렀다. 방금 나온 차에 뜨거운 물을 부어달라
니. 따뜻함을 기대하며 들어온 카페에서의 첫 모금이 기대
보다 미지근해서 얼마나 아쉬웠을까. 모처럼 많이 넣은 자
몽청이 문제였다.

냉장고에서 차가울 대로 차가워졌을 청을 컵에 넉넉히 담
았으니 펄펄 끓는 물을 부어봤자 자몽청의 찬 온도가 이길
수밖에. "죄송합니다. 제가 청을 너무 많이 담았나봐요. 금
방 다시 가져다 드릴게요." 돌아와 새 컵을 꺼내 맛과 온도
를 맞추어 다시 내갔던 지난 계절의 한 장면이었다.

맞다. 청을 넣은 차는 녹이는 시간이 필요했다. 더워할 줄
만 알면 잊어버린다. 청을 컵에 담은 후에는 먼저 뜨거운
물을 소량 부어가며 녹여야 한다. 숟가락으로 젓는 기운이
느슨해지면 다시 소량의 뜨거운 물을 부어가며 차다운 온

도를 갖추게끔 해야 한다. 청 자체의 온도가 올라가면 뜨거운 물을 마저 붓고 마무리. 단 한 잔이더라도 기대되는 행동은 있는 것이다.

하얀색 컵에 유자청을 담고 펄펄 끓은 물을 부었더니 차가운 청과 뜨거운 물이 만나는 결이 보였다. 인간은 참 이상하구나. 과일을 썰어 설탕에 담아 맑아질 때까지 보관하고, 차게 만들어서 뜨거운 물을 부어 마시다니. 그리고 완성된 것을 그 과일의 청(淸)이라고 부르다니.

어쩌면 사람의 마음도 그렇지 않을까? 차가워진 혹은 먹먹해진 마음에는 조금씩 저어주는 과정이 필요하지 않을까. 마음의 문제는 냉장 보관된 청보다 더 차갑게 굳을 수 있기에 단숨에 풀어지는 것이 아니라 '어느덧'이라는 시간이 필요하고, 더디게 나아진다. 그리고 저으며 녹이는 과정이란 일상의 다정한 한마디와 잦은 표현, 그리고 노력하지 않아도 피워낼 줄 아는 표정이 아닐까.
점점 고개를 떨구며 이내 울고 싶어졌다. 엄마에게 미안했다. 이 세상에서 가장 차갑게 대할 수 있는 존재가 엄마인 양 쉽게 내뱉고는, 죄송한 마음에 돌아서서 혼자 울기만 하던 내가 늘 미웠다. 간신히 죄송하다는 문자를 보내곤 했다. 고맙다는 말보다는 죄송하다는 말이 쉬워서. 가까운 사람 앞에서는 차가움으로만 설정된 사람인 줄 착각하며, 스스로 부드러움의 버튼을 누르길 머쓱해하는 멍청이가 바로 나다.

나의 차가움을 녹이기 위해서는, 나로 인해 차가워졌을 엄마의 마음을 먼저 녹여야 한다는 걸 유자차를 녹이며 알게되었다. 엄마뿐 아니라 가까운 사람들과의 함묵된 냉기를 천천히 녹여내고 싶다. 그 녹임의 주체가 되어야겠다고 생각하며 유자차 한 잔을 완성했다. 소서 위에 어울리는 작은 스푼을 놓았더니 이내 나아진 마음.

다 마셔가는 유자차는 맛이 조금 더 진해져 있다. 이 진함에 기대어 다시 물을 끓여 담고는, 아쉬움에 건더기 없이 맑은 청만 한 스푼 넣어 저었다. 그러면 쉽게 두 번째 시간이 시작된다.

자몽티를 주문한 손님 중에도 밑바닥에 자몽 알갱이가 잔뜩 남은 잔을 내밀며 뜨거운 물을 더 부어달라고 하는 사람이 종종 있었다. '맞아요 아쉽죠.' 하지만 이대로 물만 부으면 처음 맛과는 너무 달라서 맛이 없을 텐데. 내가 마신다고 생각하면 이 맛은 섭섭할 것이기에 다시 냉장고에서 자몽청을 꺼내 맑은 청 부분만 살짝 떠서 담았다. 그리고 나는 또 한 번 젓는다. 누군가에게 또 한 번의 온화한 한 모금이 시작되길 바라면서.

매일 쓰는 사람

서른이 넘어 글 쓰는 걸로 돈을 벌게 되었다. 이십 대 초반의 나는 어쩌면 스물아홉이 되면 작가가 될 수도 있다고 생각했다. 작가라는 직업을 우습게 본 건 아니지만 여러 가능한 상황들을 그려보곤 했다. '키린지Kirinji'의 〈굿데이 굿바이〉 뮤직비디오를 본 후 샌드위치를 파는 카페에서 일하고 싶다고 생각했던 것처럼, 딱 그 정도 수준의 먼 그림이었다.

글을 쓰면서 생각을 더 많이 하게 되었다. 아니, 해야 했다. 어느 날 집에 귀신이 있는 것 같다고 엄마에게 말했더니 엄마는 "그건 생각이 많은 사람이나 하는 생각이야"라고 하셨다. 생각이 많은 사람으로 태어나 생각을 생각하고, 그 생각에 생각을 더하며 살고 있다.

어떻게든 이렇게 저렇게 써나갔더니, 흩어져 있던 생각의 흔적들을 글로 표현하는 직업을 갖게 되었다. 돌이켜보면 불과 몇 년 전만 해도 일상이 전혀 달랐으니 둥둥둥 흘러가는 대로만 흘러간 건 또 아니었다는 생각이 든다. 멍한 얼굴로 물렁한 삶을 살았어도 어쩔 수 없이 생각이 많은 사람이어서 여러 생각들이 길을 내준 것 같다.

글을 쓸 때는 누구나 공감할 만한 이야기를 쓰기보다는 누군가가 알 만한 이야기를 쓰려고 한다. 누구나 겪는 일상적인 슬픈 일에 유머러스한 표정을 그려넣고는 괜찮다고 말해주는 그림은 그리고 싶지 않았다. 독자일 때의 나는 그런 만화를 보면 오히려 기분이 내려가곤 하니까. "괜찮아요"보다는 "그럴 수도 있죠"라는 한마디가 마음을 끄덕이게 만든다. 아주 미묘한 차이지만 무덤덤한 시선이 오히려 도움이 된다.

쓰는 사람이 된 후로는 매일 쓰려고 했다. 아주 조금이라도, 한 문장이라도 생각해서 문서의 형태를 취하도록 만들어보았다. 떠오른 생각을 저버리면 그대로 영영 안녕이라는 걸 이제 알기에, 멍하게 있다가도 핸드폰을 들어 메모장에 적어놓았다. 그랬더니 좋은 의미로 뒤처지는 사람이 되었다.

매일 무얼 쓸까 생각하느라 지나간 순간과 대화를 꺼내게 되면서 계속 계속 고개를 돌려 내 뒤를 돌아본다. 인생이라는 건 사라지는 걸 전제로 하고 있으니 다시 기억해내며 내 인생에서 뒤처지는 일은 좋은 일이다.

어느 날에는 계속해서 내 하루를 후비고, 옛 기억을 들추고, 잊고 싶던 감정을 그려내는 일이 버거웠다. 새벽에 원고를 쓰다가 정말 힘든 직업이라고 생각하며 울었다. 그동안 좋아하던 작가들의 수필이 떠오르며 그들의 외로운 밤이 그려졌다. 뒤처지며 돌이켜보며 무뚝뚝한 얼굴을 하며 글로 정리하고 또 그걸 수없이 읽어보면서 다시 자신에 대해 생각하는 그 시간이 이 세상에는 무수히도 많았구나.

그 원동력은 무엇이었을지 궁금해졌다.

몇 년 전에 꾼 꿈이 기억났다. 천국 같은 텅 빈 곳에 놓인 큰 테이블. 거기에 모르는 얼굴의 네다섯 사람이 표정 없이 앉아 있었다. 꿈이었기에 얼굴 표정이 물음표였어도 이상할 것은 없었다. 집으로 돌아갈 사람은 이미 돌아가고 갈 곳 없는 사람만 남아 있는 분위기에서, 한 사람이 질문을 던졌다. "삶의 원동력이 무엇인가요?" 한 명씩 대답을 하고 내가 내답할 차례가 되었을 때 느리게 입을 벌려 말했다. "지난날이요." 소스라치게 놀라서 잠에서 깨어났다. 그리고 멀뚱히 앉아 생각했다. 지난날이라니? 어째서 그런 대답을 한 걸까.

혼자 있을 때의 나는 누군가가 나를 지켜본다는 걸 전제로 행동할 때가 많다. 던져서 버린 쓰레기가 튀어나와버렸을 때 누군가가 본다고 생각하며 바로 주위 제대로 버리곤 했다. 혼자 카페를 오픈한 아침. 의자를 하나씩 치워가며 바닥을 쓸고 닦다가 화분 몇 개가 놓인 바닥을 빤히 쳐다보면서 '여긴 오늘 그냥 패스할까…' 싶다가도 누가 쳐다보고 있다는 생각을 하고는 곧바로 화분을 치우고 그 밑을 벅벅 닦았다. 대체 누가 지켜보고 있다고 생각하는 걸까. 혹시 지난날의 내가? 아니면 지난날에 잃어버린 소중한 사람이? 지난날이 쳐다보더라도 절대 후회스럽지 않은 지금을 보내고 싶은 마음이 모든 일의 원동력이었던 게 아닐까.

매일 쓰면서, 지난날을 생각하고 정리하면서, 매일 뒤처지는 오늘을 살고 있다. 내가 원하는 생각과 내 지난날이 마주하게 되는 순간에 글을 쓴다. 그것이 꼭 맞는 형태를 그리게 될 때가 있다. 그러면 시간을 들여 글을 쓴다. 그러고 나면 어딘가가 아물었다는 기분이 든다. 이제는 버거움보다는 치유에 가까운 감정을 느끼며, 건강한 뒤처짐을 겪으며 오늘도 또 쓰고 있다.

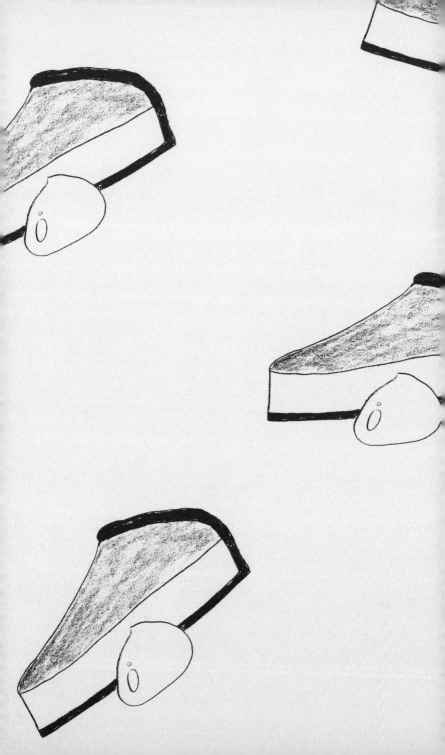

🍋 치 즈 케 이 크 💧

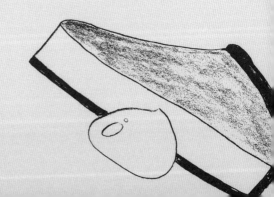

치즈케이크 옆에 말 없이 기대 있는 하얀 크림은
나와 키키의 시간과 닮았다. 닿는 정도만 연결된 채로
각자의 시간을 보내고 있는 치즈케이크와 하얀 크림.
그 각자의 시간을 내려다볼 수 있는 찰나의 시간.
나는 언제나 치즈케이크처럼 쉬고 싶다.

나라는 사람이 늙어간다

여행을 좋아하는 사람이 된 지 얼마 되지 않았다. 이십 대 초의 나는 무엇을 모르는지 몰라서 질문을 못 하는 학생처럼 여행이란 것 자체를 모르기에 싫어하는 사람이었다. 회사원이 되어 내 돈이라는 게 모이자 여행에 대한 감각이 생겼다. 여행지에서 오래 걸어도 지치는 법이 없었는데, 어릴 때부터 주말마다 산을 타서 그런 거라고 생각했지만 그건 이십 대에게 주어진 체력에 대한 완전한 오해였다.

평소의 체력에 완전히 적응해서 그 한계를 넘지 않게끔 움직이고 살기에 내 몸의 변화에 대해 딱히 느끼지 못하지만 여행을 하게 되면 내 몸을 온전히 파악할 수 있었다. 사소한 것에 금방 지쳐버리고, 소모된 에너지는 쉽게 채워지지 않는다. 아주 조금씩 작년보다 더 늙고 있다는 것을 여행의 흐름 속에서 비로소 알게 된다. 불과 몇 년 전만 해도 '혹시 나는 잘 늙지 않는 체질 아닐까?' 하며 자만하기도 했으나 나 역시 한정된 시간 속에 살고 있는 사람이었던 것이다. 어쩌면 여행은 나의 나이 듦을 체크하기 위해서라도 때맞춰 다녀야 하는 일일지도 모른다는 생각마저 든다.

서른 살이 지나서야 늙는다는 걸 실감하게 되었다. '늙는
다'가 아닌 '늙어간다'라고 표현해야 한다는 것도 알
게 되었다. 어느 날 아침 내 몸의 한 부분이 내
가 기억하는 어느 시점에 비해 조금 기운 없게
느껴질 때가 있다. 몸은 부위에 따라 들어가고
나오며 퇴적된 시간의 흐름을 표시한다. 내 몸
의 사소한 부분들이 저마다의 모양으로 변하는
것이다. 이런 감각을 몸소 느끼기 전에는 노화
라는 것이 끓는 물에 라면을 넣으면 면이 고르
게 익어가며 퍼지듯 그렇게 늙는 거라고 막연
하게 생각했었다.

하지만 아니었다. 비유하자면 화분이었다. 먼저 시들기 시
작한 부분을 어느 날 아침에 문득 발견하며 나의 나이 듦
을 조금씩 조금씩 깨닫는 것이었다.

최근 심야버스 창에 비친 내 옆얼굴의 턱선이 아주 사소
하게 달라져 있었다. 살이 찐 것과는 미묘하게 달랐다.
'아' 하고 입만 벌린 채 반응하고는 앞만 보며 집으로 돌
아왔다. 시든 잎을 마주한 것처럼 조금 가슴이 시렸다. 시
든 잎은 떼어내지 않아도 스스로 떨어지니 못 본 척하고
싶은 마음.

여태껏 노란 잎을 보지 않고 늘 싱싱하게 키운 화분은 없
었다. '매일 조금씩 시들고 있음'을 안다면 그에 맞게 대해
주면 된다. 해를 보게 내다놨다가 찬 저녁 전에 다시 들여
놓는다든지, 물은 한번에 흠뻑 샤워를 시키듯 준다든지,

과한 잎들은 먼저 가지치기를 한다든지.

여행에서 돌아온 후 내가 시드는 방향을 어느 정도 읽을 수 있었다. 매일 적당한 산책을 넘어 땀 흘리는 운동이 필요한 시점이었다. 일을 하며 한 시간에 한 번씩은 꼭 일어나 몸을 풀어줘야 하고, 더 이상 밤에 무언가 먹게끔 내버려 두면 안 된다는 것을 알았다. 빨간 신호를 느꼈다.

'나'라는 사람도 결국은 늙어산나. 그 모습을 세내로 지켜보며 시든 잎을 발견하기 전에 햇볕을 한 번 더 쪼여주고 싶어졌다.
어느 날, 나도 모르게 새 잎이 자라 있을지도 모르니까.

미용실에서의 직업군

어느 평일, 동네 미용실에 들렀다. 낯선 사람과 대화하는
능력치가 높지 않은 사람이어서 미용실이라는 곳은 미룰
수 있는 만큼 미루고 방문하는 편이지만, 뭐든 좋으니 무
언가 '싹둑' 하고 시원해지고 싶은 날에는 계획도 없이 가
기도 한다.

"기르려고 하는데요. 끝만 다듬어주세요."

처음 방문하는 미용실이어도 이렇게 말하면 더 길게 이야
기를 안 해도 된다.

"짧아져도 괜찮나요?"

"네."

"그럼, 최대한 깔끔하게 정리해드리면 되죠?"

"네."

휴. 이제 앉아만 있으면 된다는 생각에 긴장을 풀려는 찰
나, 미용사님이 다시 입을 열었다.

"학생이세요?"

아차, 미용실은 시간 보내기용 대화를 해야 하는 곳 중 하
나라는 걸 잊고 있었다. 궁금해서 물어본 것도 아닌 질문
에 대답해야 하는 시간. 회사에 다닐 때는 보통 퇴근 후에
미용실에 갔으니 "퇴근하셨나 봐요"라는 질문을 받곤 했
다. 그러면 "네"라는 대답에 대화가 끝나거나 "어떤 일 하

세요?"라는 질문을 받거나 둘 중 하나였다. 어떤 미용사님은 "아 좋겠다, 이 시간에 퇴근하셔서요. 저는 오늘 풀**full time**이거든요" 하고는 벅벅벅 야무지게 내 머리를 감겨주었다. '우리 어쩌다가 이 자세로 이런 대화를 하는 건가요'라는 생각이 들었지만, "힘드시겠어요"라고 대답할 뿐이었다. 머리 감김을 당하는 입장에서 할 말은 아니었지만.

학생이냐고 묻는 질문에 그냥 그렇다고 대답하면 될 것을 굳이 아니라고 해버렸다.

"학생이세요?"

"아, 아니에요."

"그럼 회사원이세요? 오늘은 쉬는 날인가 봐요."

"회사원 아니에요."

"아."

대답이 돌아오지 않았다. 무언가 실수를 했다는 듯한 느낌의 침묵은 서둘러 평일의 나를 초라하게 만들었다. 이 세상은 학생과 회사원만으로 이루어진 것이 아닌데도 왜 늘 이런 대목에서 대화가 끊겨버리는 것일까? 그러니까 나는 미용실에는 없는 직업군이었던 것이다. "얼마 전에 회사를 그만뒀어요"라고 덧붙였지만 별 의미 없는 말이었다. '하지만 저는 행복하게 살고 있어요! 이 시간에 미용실에 오는 건 회사원 시절 저에겐 꿈과도 같은 일이었고 지금 그걸 하는 중이랍니다! 와아, 작은 꿈이 이루어졌네요? 여보세요? 아무도 없어요?'

비슷한 일은 택시에서도 있었다. 짐이 많아 택시를 타고 작업실에 가던 길에 기사님이 입을 열었다.

"놀러 가시나 봐?"

그냥 그렇다고 하면 상황 종료일 텐데 나는 또 바보 같은 솔직함으로 "하하, 아니에요. 출근하는 거예요"라고 말해버린 것이다. 그러자 하지 않아도 되는 대화가 시작되었다.

"이 시간에요?"

"회사원이 아니라 그러니까 프리랜서…."

"아! 사장님이구나!"

"예? 하하, 그냥 작업실 가는 거예요."

"그래서 이렇게 아무 때나 가도 되는구나. 그렇죠?"

갈매기 웃음(^.^)을 보이며 아주 작게 "저 사장님 아니에요…"라고 중얼거렸지만, 곧바로 이어진 망원동에 대한 기사님의 추억 보따리에 그만 뭉개져버렸다. 속으로 '제 인생의 CEO 정도랄까요 하하. 복지 엉망일듯' 하고 중얼거리며 창밖을 바라보았다.

'미용실적 공간'에는 없는 직업군으로 살고 있다는 건 재미있는 일일지도 모르겠으나, 때로는 그냥 거짓말로 대답해버리는 것도 방법이라는 생각이 들었다. "학생이세요?"라는 질문에 "네"라고 대답해버린다면 어떻게 될까. 대학은 어디냐고 물어볼까? 뭘 배우고 있냐고 물어보려나? 늘 무언가를 배우고 있는 사람이긴 하니까 틀린 대답은 아니겠지만, 대화가 계속된다는 걸 생각하면 골치가 아프다.

어차피 궁금하지 않은 사람의 질문이니 어떤 대화를 해도 상관없겠지만, 궁금하지 않은 걸 묻지 않을 수는 없을까?

회사 시절에 친하지도 않고, 친해지고 싶지도 않고, 가능하면 사적인 대화를 안 하고 싶은 누군가가 월요일만 되면 "주말에 뭐 하셨어요?"라고 묻는 게 정말 골치였다. 늘 별생각 없이 듣고 답하다가 같은 질문이 1년 넘게 지속되고 있다는 걸 어느 날 알아챘다. '인사치레도 정도가 있지!' 줄곧 사실대로 이야기하다가 솔직하게 말해서 뭐하냐는 생각에 "아무것도 안 했어요"라고 답하기 시작했는데도 주말을 보내고 만난 날이면 계속해서 물었다. 어쩌면 침묵을 싫어하는 사람이었을지도 모르겠다. 그러던 어느 날, 나는 그만 "근데 정말 궁금해서 물어보시는 거예요?"라고 말해버렸다.

"네?"

"월요일만 되면 물어보셔서요."

그렇게 그 질문은 끝이 났다. 인사치레 대화를 거부하는 것에도 감정의 에너지가 필요했다. 꼭 그렇게 말했어야 했느냐고 스스로에게 묻곤 했지만 그런 성격인 것이다.

이런 일들로 인해 오히려 내 입을 조심하게 되었다. 우리는 너무나 쉽게 관심 없는 질문을 하며 살고 있다. 우연히 지인과 마주친 어색함에 눈에 보이는 말들만 잡아 내뱉기도 한다. 살 빠지셨네요? 밥은 드셨어요? 전보다 얼굴이 좋아 보이시는데요? 어디 가세요? 이런 말을 내뱉은 뒤 스스로 묻는다. 그거 진짜로 궁금한 거냐고.

건물 초입에 '전단지 부착 금지'라고 적힌 종이가 붙은 걸
보며 '전단지 부착을 금지하는 종이라니 너무 웃기다'라
고 생각한 적도 있지만, 전단지를 거부하기 위해 단 한 장
의 종이를 허락할 수밖에 없던 마음을 이해한다. 나도 '무
관심 질문 사절'이라고 써놓고 싶은 때가 있었으니까. 너
무 빡빡한가? 그러면 진심으로 상대에게 관심을 갖고 궁
금해하자고요.

지구 카페

"마음속으로부터 즐거워지는 걸로 주세요."

2003년 방영된 일본 드라마 〈수박〉 1화에 나오는 대사다.
〈수박〉은 도쿄 산겐자야(三軒茶屋)를 배경으로 '해피니스
산차(二茶)'라는 하숙집에 다양한 여성이 모여서 사는 이
야기를 그린 드라마다. 해피니스 산차에 사는 네 명의 여
성 중 에로 만화를 그리는 스물일곱 살 기즈나는 고료가
들어오지 않은 것에 낙심하며 동전을 탈탈 털어 햄버거 가
게에 들어가 울기 직전의 얼굴로 '즐거운 것'을 달라고 말
한다.

스무 살 즈음 이 드라마를 처음 접한 후로 여름이면 챙겨
보다가 한동안 잊고 살았는데 지난여름 엉뚱하게도 케이
크가 먹고 싶어졌던 밤 오랜만에 생각나 처음부터 끝까지
봐버렸다. 즐거워지는 것을 주문하는 마음. 막 고등학교
를 졸업했을 뿐인 시절에도 그 마음이 무엇인지 알 것 같
았다. 하지만 그때는 그저 알 것 같은 기분을 떠올렸을 뿐,
지금에서야 그 감정을 경험한 사람이 되었는지도 모른다.

이번 여름의 〈수박〉은 이상했다. 그저 넘겨버린 어떤 장
면, 어느 대사가 지금의 나를 찔러 울게 만들었다. 신경 쓰
지 않고 지나친 장면들이 다시 보이며 마음 안에서 번쩍

거렸다. 자꾸만 돌려 보면서 대사를 꾹꾹 눌러 다시 들었다. 이십 대를 버티고 삼십 대를 막 시작한 여성으로서의 안도감이 들어 '나 잘 버텼구나' 하며 모니터 앞에서 눈물을 뚝뚝 흘렸다. 나를 하찮게 대하는 사람에게 어금니를 물며 으르렁거릴 수 있는 삼십 대가 되어서 너무 다행이라고 생각하며.

알게 된 지 10년이 지났지만 이 세상의 드라마 가운데 가장 좋아한다고 말할 수 있는 건 변치 않았다. 학교든 회사든 갈 수 없을 것 같은 날에는 억지로 무리해서 나가면 죽을 수도 있다는 것과 같은 성별의 사람과 한 집에서 살며 늙어가는 일이 어쩌면 이 인간 세상에서 가장 아름답게 사는 일일지도 모른다는 것을 배웠으니까.

〈수박〉을 처음 본 스무 살 대학 시절부터 지금까지 변하지 않은 것도 있었다. '나는 무얼 하는 사람인가'라는 질문을 올해도 스스로에게 던지고 있다는 것. 대학 시절의 나는 앞으로의 인생을 걱정하지도, 기대하지도 않았다. 그저 학교에 도예를 하러 가는 사람이었다. 수업을 마치면 광화문에 있는 엄마의 카페에 앉아 엄마가 시켜준, 큼직한 감자가 들어간 짜장면을 먹고 엄마의 심부름을 한 후 교보문고를 구경하다가 집에 갔다. 종로에서 영화를 보고 당시 교보문고 영업 종료 시간에 흘러나오던 '메리 홉킨**Mary Hopkin**'의 〈굿바이〉를 기다렸다가 듣고는 엄마와 함께 집에 가기도 했다. 나는 그런 일상을 가진 사람이었고, 내

생활에 만족하며 살았다.

메리 홉킨의 노래를 듣는 그 시간을 무척 좋아했지만 이제 광화문 교보문고에서는 들을 수 없고, 감자를 크게 썰어 넣던 짜장면집도 사라졌다. 혼자 영화를 보던 영화관도 이제는 없다.

어쩌다 회사에 들어가기도 하고, 어쩌다 그림을 그려 팔기도 하고, 어쩌다 글을 쓰고 책을 만들었더니 지금의 내가 이렇게 앉아 있다. 그럼에도 '대체 나는 무얼 하는 사람인가'라는 질문은 멈추지 않는다. 어떤 이는 나를 작가라고 하고, 어떤 이는 일러스트레이터라고 한다. 그런 와중에도 누군가에게는 회사 대리였고, 누군가에게는 회사 선배였다. 호칭도 여러 가지. 작가님, 일러스트레이터, 선생님, 진아 씨, 임양 등등. 어쨌든 무언가를 만드는 사람으로 살고 있는 건 맞는 것 같다. 나에게 딱 맞는 직업과 호칭은 어쩌면 이 세상에 아직 없을지도.

그러다 인생이라는 건 지구 카페에 잠시 방문하는 일이 아닐까 하는 생각이 들었다. 이 카페에서 아주 긴 시간을 보내고 있는 것이다. 그렇다면 카페에서 무엇을 주문했을까. 스무 살, 〈수박〉을 처음 봤던 나는 아직 어떤 것도 주문하지 않았을지도 모르겠다. 무얼 주문할지 모르는 설렘과 함께 내 주문으로 어떤 게 나올지 모르는 걱정과 기대를 가진 사람의 얼굴을 하고 있었을 것이다.

그럼 지금의 나는? 팔짱을 끼고 고개를 들어 천장의 모서리를 보며 생각해보았다. 일단은 주문을 하고 앉아 있는 내 모습이 그려졌다. 주문을 했더니 '무언가를 그리거나 기록하며 만드는 사람의 얼굴이 그려진 가면'이 나와 그걸 쓰고 있었고, 앞에는 '마음속으로부터 즐거워지는 무언가'가 놓여 있었다. 정말로 마음속으로부터 즐거워졌는지는 이 카페를 나갈 때까지 알 수 없을지도 모르지만, 확실한 건 일단 이 지구라는 카페에 앉아 아직은 이곳을 낯설게 두리번거리며 내가 주문한 것을 막 알아가는 시간을 즐기고 있다는 것.

나, 주문을 했구나.

지구 카페에서의 나를 그려보니 시간의 흐름을 확연히 느낄 수 있었다.

"주문하시겠어요?"

두 손에 지갑을 꽉 쥐고 즐거운 걸 달라고 했던 기즈나의 나이를 한참 지난 내가 앉아 있다. 이제는 또 다른 주인공인 신용금고에 다니는 서른네 살 하야카와의 나이에 다가간다. 부모님 집에 살면서 안정적인 직장에 다니고, 비행기를 타본 적 없고, 하고 싶은 것도 없고, 결혼에 대한 생각은 물론 없으며, 집에서 나가지 말라는 부모의 말을 무시한 채 어느 날 여자들만 사는 오래된 하숙집에 들어간 하야카와. 서른네 살에 독립이라는 걸 하며 자신이 이렇게 집을 나오게 될지 몰랐다고 말하는 그 모습에서 내가 보인다. 이 드라마를 보며 '서른네 살이라는 거 많은 나이가 아니었잖아!'라고 생각하는 때가 오다니.

하야카와의 시기가 지나가면 어떤 기분일까. 두근거리게도 다른 주인공인 오십 대의 대학 교수 나츠코가 나를 기다리고 있다. 그 모습을 그려보면 터무니없는 기대만 하게 된다. 나도 나츠코처럼 저 나이에 멋진 옷을 입고 짧은 머리를 하고 자신 있게 걸어야지, 오십 대에도 도시락을 먹으며 만화책을 펼치고 낄낄 웃어야지, 하며.

정말이지 이 지구 카페는 마음에 든다니까. 들어오길 잘했다.

가만히 있는 나

'어쩌라고. 좀. 닥쳐.'

한때 좋아했던 사람이 말하는 중에 해버린 생각이다. 나 스스로도 놀랐다. 몇 년의 시간이 흐르는 동안 차곡차곡 쌓이던 불쾌함 섞인 물음표들, 그럼에도 좋은 사이로 지내고자 고개를 돌리던 순간들이 충돌하고 결국은 한계를 맞이했다. 최악의 '빠빠바밤!' 소리가 맴돌았다. 대체 왜 내가 예민한 탓이라고 생각하며 버텼던 걸까. 뭐든 버티지 말자고 했으면서도 억지로 만남을 이어왔고, 보기 싫고 말하기 싫으면서도 연락을 주고받다가 이 꼴이 나버렸다. 나의 예민함이 잘못이 아니라 예민하게 만든 것들을 예민한 눈으로 멀찍이 바라봤어야 하는데 말이다.

매사에 '내가 더 힘들어'라는 시선으로만 상대를 바라보는 사람과는 더 이상 대화를 할 수가 없다. 그 시선은 너무나 다양하게 관계를 불편하게 만든다. 수많은 만화책을 통해 즐거운 게 이기는 거라고 배웠건만, 어째서 현실에는 슬프고 험난한 쪽이 이기는 상황만이 있는 걸까. 그래서 하고 싶은 말이 뭐지? 왜 항상 내 쪽에서 위로를 해주어야 이 대화가 끝나는 거지? 어째서 나와는 상관도 없는 자신의 모든 이야기를 나에게 연재하듯 말하는 거지? 나는 이

에너지를 어디에서 가져오며 어떻게 환급받지? 온갖 생각을 하며 이 관계를 어떻게 끊어야 할지 고민했다. 딱히 방법이 떠오르지도 않았고, 그저 마주하고 있는 이 시간에서 벗어나고만 싶었다. 의미적인 어른이 되려면 멀었다는 자책만 들고, 또 이렇게 관계에서 실패를 겪으며 나이를 먹고 있다는 게 한심했다.

누군가의 욕을 하거나 누가누가 더 힘든지 서로 비교하는 대회라도 참가한 듯한 대화만 오간다면, 그 관계는 길어질 수 없다. 집으로 돌아가는 길에 드는 생각은 한결같았다. 왜 '우리'에 대한 이야기는 나누지 못하는 건지, 이야기를 나누려고 왜 노력해야 하는 건지, 노력하면서까지 만날 이유가 있기는 한 건지.

타인을 욕하는 것도 버릇이 된다는 걸 알고 있기에 언제나 불만과 불평이 넘쳤던 나는 매사에 꽤나 조심하게 되었다. 가장 가까운 사람인 애인에게 쉽게 불만을 터놓게 되면서 깨우친 일이었다. 애인은 남 욕을 하는 나에게 문득 "아직도 그 사람 이야기야? 아직 관심이 있나 보네"라고 말했고 당시 그 말에 기분이 나빴던 나는 "아직 싫은 점 찾는 정도의 관심만 남은 싫은 사람이야"라고 외쳤다. 하지만 지나서 생각해보니 시간을 써가며 누군가를 욕하는 일만큼 애정 넘치는 일도 없었다.

어쨌든 누군가를 욕하면서 친해진 관계는 결국 서로를 욕하며 이별하게 되어 있다.

그날 직접적으로 "그만 좀 해. 이제 그만 보자"라며 언성을 높이고 싶었으나, 그렇게 해야 관계를 끝낼 수 있을 것 같았으나, 열을 내며 내 입으로 직접 말하지 않은 건 온전히 나를 위해서였다. 나의 불쾌함에 대해 열심히 에너지를 써가며 표현한 후 관계를 끊고 완전히 등 돌리는 일을 택하지 않은 건, 그런 안 좋은 상황으로부터 나를 지키기 위해서다. 나를 지키는 건 결국 나뿐이니까.

이미 오래전부터 지속 가능한 관계가 아님은 스스로 알고 있었을 테니 이제는 정리와 단념이 필요한 시기이고, 그 과정과 결말이 꼭 괴로운 모습일 필요는 없다는 게 그때의 판단이었다. 서로 노력하지 않아도 슬며시 안 만나게 되는 사이가 있다면 그 사람과의 관계는 딱 거기까지인 것이다. 연인 사이가 아니더라도 사람과 사람이 만나며 무수히 많은 일들을 겪는 동안 서로 잘 맞지 않는다는 사실을 알아채게 되고, 그런 일이 지속된다면 결국은 질리게 된다. 그냥 그런 것이다. 누구의 잘못도 아니고 그저 맞지 않는 둘이었다는 결말.

참 나쁘게도 거짓 가득한 웃음으로 인사를 하고 헤어진 후에 마음에서 가위를 꺼냈다. 나 혼자만 품고 있던 가위는 아니었을 테다. 서로 각자의 가위를 가지고 있었을 것이다.

부당한 이야기를 듣거나, 미팅 중에 기분 나쁜 소리를 듣거나, 집에 와서 생각해보니 불쾌했던 일들이 떠올라 '그때 화를 냈어야 하는데' 하며 주먹을 꽉 쥐고는 부글거리는 마음을 참을 수 없을 때가 있다. 많다. 최소한의 액션은 했지만 돌이켜보면 늘 성에 안 찼다. 그 자리에서 화내지 않은 나를 자책할 수는 있지만 그렇게 하지 않았다는 이유로 바보 취급을 받으면 좀 슬퍼진다. 이미 일어난 불쾌한 일에 바보 딱지를 추가할 필요가 있을까?

"뭐? 그런 소리를 듣고도 가만히 있었다고?"

그렇다. 그런 바보였다. 나는 바보가 되었지만 에너지를 쓰며 내 입으로 화를 내는 괴로운 상황에서 나를 지켰다. 뒤돌아서 가위를 꺼내들고 '그럼 이만' 하는 게 내게 가능한 방식이었다. 현실이라는 무대 위에서는 아무것도 하지 않고 적당하게 마무리해버렸어도 진짜 액션은 뒤늦게 행해질 수도 있는 것이다.

"나라면 그 자리에서 가만히 있지 않았을 거야."

하지만 실시간으로 이루어지는 대화 속에서 나의 불쾌함을 객관적으로 바라보며 지금 화내도 되는지에 대해 분명히 판단하는 건 생각보다 쉽지 않다. 기가 막히게도 '돌아서서 생각해보니 기분 나쁜 말'의 수준으로 내뱉는 말들이 대부분이니까.

어느 날 버스 안에서 묘하게 나를 불쾌하게 만드는 남자에게 확고한 표정을 지으며 화내지 못하고 버스에서 내려 정류장에 서 있었던 날. 화내고 싶었으나 정말 솔직하게는 무서움이 더 컸다. 그 무서움에서 나를 지킬 수 있는 건, 가만히 있는 나였다. 쳐다보지 않고 입술만 꽉 깨문 채 앞만 보던 나였다. 더 큰일을 당했다면 그땐 어떻게 했을까.

그런 일을 당하지 않았다는 것에 다행이라고 느끼면서도, 내가 바보 같으면서도, 에너지를 쓰지 않았음에 또 안도 했다. 모든 상황에서 그런 건 아니다. 어떤 상황에서 가만히 있어야 나를 지킬 수 있는지 안다. 수많은 불쾌한 상황을 겪으면서 그 감각을 알아가게 되었다. 어느 날 밤, 나를 꽉 잡아끌며 말을 거는 낯선 남자에게 "저한테 말 걸지 마세요!"하며 지나가는 모두가 듣도록 소리쳤다. 가만히 있지 않으면 죽을지도 모르는 날도 분명 있다는 것 또한 알고 있다.

관계에서 실패를 맛보는 것은 유감스럽지만, 어차피 점점 곁에 가까운 사람이 적어지고 일상이 좁아지는 시기에 서 있다. 무리하면서까지 여러 사람을 만나는 것보다 편한 상대 단 몇 명이 확실히 있다는 게 풍요롭다.
지금의 나는 나 혼자만의 일상을 지키고, 자주 만나지 않더라도 마음에 좋게 두는 사람들이 있고, 종종 만나 서로를 이야기하며 응원하는 친구 몇이 있고, 일 때문에 만났지만 신뢰 가는 분들이 있고, 일상이 겹치는 오랜 연인이 있다. 이 안에는 나와 내가, 친구와 내가, 좋아하는 사람과 내가, 그리고 연인과 내가 서로 존중하며 소중히 여기고 있다는 사실이 존재한다. 태도에서, 행동에서, 말 한마디의 시작과 끝에서 느껴진다. 그들에게 즐거운 일이 많았으면 좋겠다는 생각을 품으며 대하고 있고, 나 또한 사소한 말 한마디로도 애정을 전해 받는다. 딱 이 정도의 잔잔함을 위해, 지금의 나는 가만히 있는 태도를 택할 수 있게 되었다. 날카로운 가위를 늘 준비하고 있는 '가만함'이다. 나에게 가장 소중한 건 어쩔 수 없이 나니까.

뒤돌아서 가위를 꺼내 자르는데 어째서 시원한 '싹둑' 소리가 들린 적은 한 번도 없는 걸까. 쉬운 일이 없다.

까눌레

빵 프로방스 살고 말라

벽돌 같은 까눌레를 꽉 쥐어보면
가장 안쪽의 부드러움이 전달되는 단단함을 느낄 수 있다.
반으로 반듯하게 잘라보면
실은 부드러운 인상의 까눌레 씨였음을 알게 된다.
그런 까눌레 씨를 닮고 싶다.
먹기 전에는 우선 냄새를 맡아보자.
모처럼 나의 폐가 즐거워한다.

오래 씹기

초등학교 6학년 때의 일이다. 담임선생님이 급식을 먹기 전에 교탁 앞에서 말씀하셨다.

"밥을 입에 넣고 씹으면서 삼키지 않으려고 해보자. 과연 안 삼켜지는지 실험해보는 거야."

처음에는 모두가 순순히 따라 했다. 숟가락으로 흰밥을 크게 떠서 입에 넣고 삼키지 않으려고 노력했지만 금방 삼켜버리는 아이들이 대부분이었다. 지금도 그렇지만 나는 당시에도 쓸데없는 것을 진지하게 열심히 하는 타입이었기에 심각한 표정으로 안 삼키기 위해 집중했고, 아무리 삼키지 않으려고 한들 씹는 행위는 결국 자연스레 삼키는 행위로 이어진다는 것을 깨달았다. 진지하게 씹고 있던 나를 발견한 선생님은 내 쪽으로 몸을 돌려 물었다.

"안 삼키려고 해도 삼켜지지?"

"네."

마지막까지 은색 식판 앞에서 누구보다 열심히 또 진지하게 씹는 사람은 나였다.

중학생 시절, 어느 날 친척 어르신이 돌아가셨다. 부모님을 따라 갔을 뿐이라 자세하게 기억나지 않지만, 그때의 잔상이 단 두 장면만 남아 있다. 장례식장에 놓여 있던 커

다란 파란 통에 담긴 음식물 쓰레기와 관을 묻던 날 한켠
에 피워두었던 모닥불.

모닥불의 불씨를 유지하려면 나뭇가지가 필요했고, 누군
가 나에게 나뭇가지를 몇 가닥 가져오라고 했다. 단지 그
한마디뿐이었다. 근처 숲에서 부스럭대는 마른 나뭇가지
를 미친 듯이 모으기 시작했다. 몇 번 가져다놓고 불을 피
우다 보니 어떤 종류의 나뭇가지에 불이 잘 붙는지 알게
됐다. 불필요한 노하우를 쌓는 동안 위아래 옷이 흙투성
이가 되었다. 마치 이 일을 하러 온 전문가가 된 기분마저
들었다. 동생이 안 보이자 걱정됐는지 오빠가 나를 찾아왔
고, 내 꼴을 보며 도와주려 했으나 나는 텃세 부리는 말투
로 쏘아붙였다. "그건 불이 잘 안 붙어! 그거 아니야! 내
가 잘 알아." 더 이상 나뭇가지가 필요 없는데도 나는 멈
출 수가 없었다.

고등학생이던 때, 오빠는 이런 말을 한 적이 있다.
"진아야, 너는 잘하는 게 없네?"
나는 오빠가 마저 말을 이어서 하길 기다렸다.
"봐봐, 너 공부 잘해? 그냥 못하지. 그림은? 미술부지만
잘 그리진 못하잖아. 좋아하는 거에 비하면 잘 그리진 않
지. 아마 나보다도 못 그릴 걸? 그럼 외모로 가보자. 얼굴
과 키는? 이건 정말 보통이지. 못생긴 건 절대 아니야. 그
건 인정해줄게. 하지만 예쁜 것도 아니지. 반에서 키도 딱
중간 아니야? 옷은? 잘 입진 않지만 그렇다고 못 입는 건
절대 아닌 딱 그 정도지? 뭐든지 다 중간이야 너는. 어떻

게 다 중간 사람이냐 쿡쿡쿡."

틀린 말이 하나도 없었다. 맞지 않는 게 있다면 공부는 중간이 아니었다는 것. 학급의 밑바닥에서 언제나 평온한 얼굴을 하고 있어 담임선생님의 답답함을 샀던 학생이었으니. 대학에 들어가 실기 시험을 보거나 학점을 받아도 늘 중간이었다. 일에서도 어마어마한 실력을 뽐내는 게 아니라 그냥 중간을 유지하며 튀지 않는 사람이었다. 세상의 시선이 변한 덕에 내가 느긋함을 유지하며 실수하지 않고 냉정하게 일하는 사람처럼 보인다는 건 다행이었지만 언제나 오빠의 말이 나를 꾹 누르는 것 같았다. "너는 뭐든지 다 중간이야. 잘하는 게 없어."

'정말 그래.' 늘 인정했다. 그러나.

나는 안다. 나라는 사람은 주어진 일을 능숙히 해내는 앞서가는 사람이 아니라, 스스로 충분히 받아들일 수 있도록 진지한 태도로 그 일과 상황에 대해 더 생각하는 사람이다. 그것만큼은 누구보다 잘할 수 있다. 오래 섞어보라고 하면 누구보다도 오래 섞어본다. 나뭇가지를 주워 오라고 하면 짧은 시간에 그 단순 작업에 푹 빠져버린다. 아르바이트를 하며 산더미 같은 설거지를 만나면 어째서인지 신이 나버린다. '이걸 어떻게 해야 즐겁고 빠르게 할 수 있담?' 하며 혀를 내밀고 손을 부비작거린다.

내가 제일 잘하는 건 지금을 느끼고, 지금을 표현하는 일이다. 상중하로 나뉘는 단계가 없는 일이고, 그 표현에 공감해줄 사람이 있느냐 없느냐의 문제이기 때문에 평가하기도 애매하지만 스스로는 제일 즐기며 능숙하게 하고 있다고 느낀다. 예컨대 어떤 맛을 느낄 때 "맛있다!"를 지나서 "이거 끝부분에 약간 뻥튀기 맛이 나"라는 걸 굳이 알아내는 것이다. 그러면 같이 먹던 사람은 내 말을 듣고 다시 먹어보고는 "정말이네" 하며 웃어준다. 그뿐이다.

최근 친구들과의 여행 중에 일행이 사온 하얀 콩떡을 모두와 나눠 먹었다. 투명할 정도로 맑은 하얀 떡에 콩이 박혀 있고, 안에는 곱디고운 팥 앙금이 숨어 있는 지역 명물이었다.

"맛있다. 식감이 어떻게 이렇지?"

"아무 맛도 안 나는 것 같지만 정말 맛있다."

"줄 서서 먹을 만하네."

그 와중에 나는 누구보다도 열심히 씹었고, 자극적이지 않지만 언제까지라도 씹으며 먹을 수 있는 맛이라는 생각이 들었다. 그 순간 말하고 싶은 맛 표현이 생각났다.

"굳이 표현하자면 '있을 무' 맛이네."

앞에 앉은 친구가 떡 씹던 입을 멈추고는 "너는 대체 어떻게 그런 말을 생각해내?"라고 치켜세워주기에 쑥스러워하며 웃었다. 모두와 웃으며 오물거리는 순간에도 머릿속은 바빴다. '있을 무' 맛은 또 어떤 게 있을지 그려보았다. 배고픈데 먹을 게 없어서 한 숟갈 퍼먹었던 흰 쌀밥. 백설기도 같은 맥락이라는 생각이 들기도 하고, 언젠가 스콘을 반쯤 먹었을 때, 그때의 맛이 딱 '있을 무'였던 것 같다. 이 콩떡은 '있을 무' 맛 중에서도 고차원의 일등 '있을 무'

가 아닐까 싶었다.

주변 사람이 알아주는 나의 사소한 특기를 친오빠가 알아주지 못했다는 건 조금 유감이다. 하지만 이런 사사로운 특기는 오빠의 인생에선 '없을 무'일 테니 어쩔 수 없는 일일지도.

아직이에요

"'아직 임진아'는 대체 무슨 뜻이에요?"

온전히 개인적인 작업을 할 때는 '아직 임진아'라는 필명을 사용하고 있기에 인터뷰를 하거나 내 작업에 대해 이야기를 나누는 자리에 가면 꼭 질문을 받는다. 대체 왜 '아직'이냐고. 후후후 웃으면서 대답한다.

"설명하기 조금 긴데요. 얘기해도 될까요?"

말하기를 좋아하기에 주절주절 내 얘길 할 수 있는 시간이 주어지면 기뻐서 참새처럼 조잘거리게 된다.

두 번째 회사에서 만난 동료 S와는 친구처럼 혹은 자매처럼 친했다. 말하지 않아도 지금 몇 퍼센트쯤 힘든지 몇 퍼센트쯤 집에 가고 싶은지까지 알 듯한 사이였다. 외근하는 날 밖에서 만날 때 내 쪽에서 손을 흔들며 반기면 S는 한껏 지친 얼굴로 "어어…" 하며 영화 〈괴물〉에서 변희봉 배우가 취했던 동작을 따라 하곤 했다. '매일 만나는데 뭐하러 그렇게 반갑게 인사해…. 그 골목으로 너 먼저 들어가… 너 먼저 가…'라는 듯한 그 동작이 괴롭게 웃겼다.

그러니까 왜 아직이라는 단어가 내게 왔느냐면, 그게 내가 지나치게 자주 하는 말이라는 걸 S 덕분에 알게 됐기 때문이다. "너 그 시안 다 했어?"라거나 "오늘 인쇄 넘겼어?"라거나 "임진아 너 회의 준비 다 했냐?"라는 질문을 받으면 늘 너무나 당연하고 무덤덤하게 "아직이요"라고 대답했다. 어느 날 S는 그런 나에게 "또 아직이야? 맨날 아직이냐? 이 임아직아!" 하며 짜증나지만 귀여워하는 말투로 놀려댔다. 그렇게 S로 인해 '임아직'이라는 별명이 생겨났고 그게 썩 좋았다. '임진아'와 '임아직'. 묘하게 비슷해 보이는 글자에 모양도 귀엽고, 무엇보다 늘 아직인 나에게 딱이었다.

회사에서 나온 뒤 무언가를 만들 때면 '아직'을 맨 앞에 가져와서 '아직 임진아'라고 쓰기 시작했다. "할아버지와 엄마가 지어준 '맡길 임, 복받을 진, 예쁠 아'라는 석 자의 이름을 사용하고 있는 지금은 아직 이 세상에 살아 있습니다. 그렇기에 아직 임진아입니다"라는 의미의 '아직 임진아'였다. 죽기 전에는 어쩔 수 없이 계속 임진아로 살아야 하니 말이다.

완료되지 않은 일은 의미 없다고 보는 이 세상에서 '아직'은 답답함과 미숙함을 나타내는 단어로 사용된다. "아직 그거 하고 앉아 있냐?" "밥을 아직도 먹고 있어?" "아직도 숙소 예약을 안 했어? 너 여행 가긴 갈 거야?" 이런 말들을 들을 때면 마치 아무것도 안 하고 있는 바보처럼 여겨지는 것 같다. 나에게 아직이라는 건 '아직 안 함'이 아니라 '아직 하는 중'이라는 의미가 더 큰데 말이다.

'어떤 일이나 상태 또는 어떻게 되기까지 시간이 더 지나야 함을 나타내거나, 어떤 일이나 상태가 끝나지 아니하고 지속되고 있음을 나타내는 말.' 인간들의 말보다 사전에 적힌 의미가 오히려 나를 달래주는 듯하다.

몇 년 전에는 스티커도 만들었다. '아직'이라고 적힌 작은 스티커가 6개 들어 있는 세트로, 아직인 것들을 다이어리에 표시하기 위한 것이었다. 늘 완료되는 것만이 체크되는 다이어리 속 세상에서 아직인 것들도 체크하고자 하는 마음. 아무것도 하지 않고 있는 게 아니라 진행 중이라는 말이니까. 그러니까 '아직 임진아'란, 나도 이 인간 세상에서 아직 지속 중이라는 뜻인 것이다.

이 아직 스티커를 친구에게 줬는데 뜻밖의 후기를 받은 적이 있다. 그 스티커를 공무원 시험을 준비하는 남자친구에게 한 장 주었는데, 남자친구는 그걸 어디에 붙일지 고민하다가 책상 위 스탠드 전원 버튼과 크기가 딱 맞아 보여서 거기에 붙였다고 한다. 어느 밤, 밤늦게까지 공부를 하고 그만 잘까 하며 불을 끄려던 순간 스탠드에서 "아직이에요"라는 다정한 목소리가 들렸다고 한다. 연인과 가족과 떨어져 홀로 지내며 공부만이 일상인 나날, 마치 지금의 힘든 상황을 다 알고 있는 듯한 목소리에 이상하게 울고 싶고 위로받은 기분이 들었다고 했다.

친구는 아직 스티커가 붙은 스탠드 사진을 내게 보내주었다. 다정한 목소리가 들리는 것만 같았다. "아직이에요. 당신은 조금 더 힘낼 수 있답니다. 제가 불을 켜두고 있을게요." '아직'이라는 단어가 누군가에겐 그런 의미가 되었고, 응원을 받았다는 것이 기뻤다.

아직인 것들이 많은 삶은 얼마나 풍요로운가. 아직인 게 뭐가 좋으냐고 묻는다면 여행을 끝낸 마음을 돌이켜보자. 여행을 끝낸 날보다 아직 여행 중인 날이 더 좋지 않은가? 혹은 아직 여행을 떠나지 않은 날의, 꽤나 설레는 단어로도 읽을 수 있다. 그렇게 여행을 끝내고 돌아오면 또 다음 여행을 그려보게 되고, 아직 다음 여행을 떠나지 않은 사람으로 살아갈 수 있다.

또 하나의 기쁜 '아직'이 있다. 기한이 정해진 작업을 미루고 미루며 '아직도 안 했어…' 하고 걱정하면서 시간이 흘러가는 걸 구경만 하던 나날이 지나고, 결국 마감 하루 전에 낑낑거리며 밤을 샌 새벽에 모니터 화면 속 완성된 작업물을 보면 꼭 하는 생각이 있다. 마감을 걱정하던 며칠 전의 나를 돌아보며 그때의 나에게 말을 건넨다. "이보게. 그때 안 하길 잘했네! 미래의 내가 이렇게 해냈어. 그때의 내가 착실하게 해버리지 않은 덕이야." 너무 힘들고 울고 싶었지만 결국은 끝냈고, 그 결과가 나쁘지 않다는 기쁨. 나는 아주 느긋하고 여유로운 어투로 메일을 작성하고 해가 뜨는 시간에 맞춰 예약 발송을 해두고는 속 시원한 잠을 청한다.

따지고 보면 사실은 아무것도 안 한 게 아니다. 그 걱정의 시간을 지내며 잠들기 전마다 '만약 한다면 이건 이렇게 저건 저렇게' 하고 그려보기도 하고, 외출해 이동하며 '색은 아마도 이렇게? 그림은 옆모습이 좋겠고 머리는 단발로 할까' 하는 등 예열하는 시간이 있었다. 고로 '아직'이라는 만져지지 않는 지속된 시간이 포함되어 있는 것이다.

유사어인 '미처'를 사용했다면 조금 달라졌을지도 모르겠다. '미처 임진아'라면 늘 미처 다 하지 못한 사람이 되었으려나. 그렇다면 여전히는? '여전히 임진아'라면 전과 다름없이 같은 상태를 유지 중인 사람이었을 것이다. 그런 의미로 역시나, '아직'이 좋다.

오늘도 "네, 아직이에요"라고 말해버렸지만 사실은 강한 의미가 내 안에서 떵떵거리고 있다. 더 시간이 필요하지만, 오늘도 끝을 내지 못했지만, 겉으로는 부끄러운 표정을 짓지만, 지속 중인 나를 대단하게 여기며 안에서는 꽤나 자신 있는 마음이 여럿 자라나는 중이다.

'아직'에 관한 여담. 일본어에서 '아직'을 뜻하는 '마다마다(まだまだ)'라는 표현 또한 좋아한다. '마다데스(まだです)'라고만 말하면 '아직입니다'라는 뜻이지만 '마다마다데스(まだまだです)'라고 한다면 뉘앙스가 조금 달라진다. 일본에서 조금이라도 대화가 길어지면 꼭 듣는 말이 "일본어 잘하시네요!"인데 그때 쓰면 딱이다. 나의 일본어 스승인 황센세에게 배운 말인데, 실제로 정말 많이 쓰게 되었다. 부끄러운 표정으로 얼굴 앞에서 손을 휘휘 저으며 "마다마다데스"라고 하면 일본어 회화를 좀 해본 사람이라는 것이다. "아직 멀었어요~"라는 뉘앙스로 말하면 곧바로 오는 반응이 "거봐 잘하네!"라니, 정말 즐거운 대화 시간이 아닐 수 없다.

나만큼은 인정해주자

첫 직장은 문구 회사로 주로 다이어리를 꾸미는 소품들을 만들었다. 두 명이 차린 아주 작은 회사였는데 대표들에게 나는 첫 직원이었고, 늦은 출근 시간이 좋았지만 매일 언제 집에 가야 할지 알 수 없었다. 평범하지 않은 회사였기에 그만큼 회사생활도 이상했다. 좋은 점도 있었지만 나쁜 점도 많았다. 나쁜 점은 지면에 다 쓰지 못할 것 같으니 좋은 점만 말하자면, 시장 조사라는 시간이 있었다는 것. 한 프로젝트가 끝나고 조금 한가해지면 시장 조사를 갔다. 대표들은 한 달에 한두 번은 꼭 현금을 주며 참고할 만한 게 있으면 사 오라고 했다. 당시는 디자인 문구라는 시장이 막 틀이 생기고 작은 소품 하나를 사더라도 개인의 감성에 맞게 구입하는 분위기가 딱 보기 좋게 살이 오른 때였다. 일러스트나 디자인, 제작 사양이 특이해서 참고할 만한 걸 고르는 일은 그저 예뻐서 사는 일과는 엄연히 달랐다.

회사 돈으로 물건을 구입하고 "이게 도움이 될 듯하여 사 왔답니다" 하며 영수증을 내미는 일은 과연 쉬운 일이 아니었다. 하나를 사더라도 신중할 수밖에 없었다. 영수증에 찍히는 금액이 삼만 원이 넘지 않으면서, 대표 두 사람 모두 납득할 만할 물건을 살 것. 정말 괜찮지 않으면 사지 않을 것.

그렇게 가져간 제품들을 보여주고 설명을 할 때면 늘 떨렸다. "이런 걸 좋아하는구나?"라는 식의 말도 쉽게 들었으니까. 대표 중 한 사람은 내 성격을 잘 간파했기에 하나하나에 나름의 의미를 부여했음을 알아주었다. 그리고 언젠가는 내가 가져간 제품들을 보더니 웃으며 말했다. "진아가 사 온 거면 진짜 괜찮아서 산 거야. 얘 잘 안 사 오잖아." 들켜버린 것 같아 부끄럽기도 했다.

틈이 나면 무엇이든 보러 다녔다. 누가 시킨 것도 아닌데 꾸준히 문구, 잡화, 서적 등을 주기적으로 보고 사 모으며 정말 괜찮다고 생각되는 것들과 늘 공존했다. '언젠가 도움이 되겠지'의 세상에서 그 언젠가가 멀지 않기를 바랄 뿐이었다.

이 관성이 여행지에서도 유지되는 건 어쩌면 당연한 일이었다. 여행지에서 꼭 들르는 곳은 서점과 잡화점 그리고 문구들이 있는 곳이었다. 마음만 먹으면 몇 시간이라도 있을 수 있었다. 여행에서 무언가를 사는 일은 업무로서의 시장 조사와 비슷하면서도 다르다. 신중한 소비라는 것에서는 같은 맥락이지만 바다를 건너오고, 다시 건너가는 수고를 해서까지 살 필요가 있는지 고심할 수밖에 없다. 서점에 들를 때마다 책을 한두 권씩 사다 보면 금방 무게가 늘어나고, 특히 식기류는 무게도 무게지만 안전하게 들고 갈 수 있을지 가방 안에 여유 공간은 있는지를 떠올리면 계산대까지 가져가기 어려워진다. 그럼에도 계산대 쪽으로 몸을 틀게 되는 건, 지금 사지 않으면 우리(나와 아직 결제하지 않은 내 물건을 우리라고 불러보자)는 영영 이 세상에서 다시는 못 만날 수도 있으니까. 어머, 그렇게 생각하니까 지금 이 순간이 무척 아름답다.

혼자 여행을 자주 다녀보니 확실히 느낀다. 소비를 해야 패턴이 생기고, 패턴이 생겨야 실수를 줄인다고. 그럼에도 시간이 지나 다시 내 자리로 돌아와서 여행 중에 산 물건을 보면 "이건 왜 샀을까?" 싶은 것도 분명 있다. 여행지의 서점에서 발견한 후 마음이 쿵쾅거려 두 손에 꽉 쥐고 누구보다 신중하게 계산대로 가져갔던 책이지만 잘 펼치지 않고 한동안 잊기도 한다.

실패한 소비가 되더라도 '여행자였을 때의 판단이니 이건 좀 봐주자!'라는 너그러운 눈도 필요하다. 내가 아니면 누가 나의 소비를 귀엽게 봐준단 말인가.

물론 나 말고도 다른 사람들에게 귀엽게 보이고 싶은 마음도 있다. 언젠가는 진짜로 괜찮아서 내가 사 모은 것들을 선보이고 판매하는 작은 상점을 꾸려보고 싶다. 단 몇 종류의 음식과 음료도 함께 파는 곳으로 상상해보았다. "임진아라는 사람이 파는 거면 정말 괜찮은 물건일 거야"라는 말을 하며 사람들이 모이면 얼마나 좋을까!

메뉴는 카레라이스, 치즈케이크, 드립 커피, 하이볼과 맥주(믹스너트 포함)만, 그리고 좋아하는 단 몇 개의 물건만 파는 가게. 일단 즐겁게 꿈꿔보고, 진지하게 그려보며, 나를 너그럽게 보는 시선으로 나를 만들어간다. 나를 인정해주는 사람이 나 한 명 정도는 있는 세상이라니, 왜인지 마음이 좀 놓인다.

오늘도 달이 집까지 데려다주었다

늦은 저녁, 오랜만에 만난 친구와의 대화 중에 핀트가 맞지 않는 순간이 자꾸만 찾아왔다. 몇 년 전만 해도 우리는 매일 같은 교실에서 같은 풍경을 보고 같은 시간에 매점에 가고 같은 공기의 복도를 걷는, 일상이 겹치는 사이였는데. 왜 지금은 같은 시간 같은 카페에 앉아 있으면서도 조금씩 어긋나는 순간만이 도드라지는 걸까.

"그래도 너는 하고 싶은 거 하고 살잖아. 좋겠다"라는 말을 또 들어버린 것이다. '우리 이 말은 꼭 해주자!'라고 결정하는 임진아 동창생들의 모임이라도 있는 건가?
어디에도 닿지 않는 말들 때문에 정적은 쉽게 찾아왔고, 창문 밖으로 보이는 큰 달에 자꾸만 눈이 갔다. '오늘은 달이 이쪽으로 떴구나.' 딴 생각으로 머리를 비우고 싶었다. 조금 전 먹은 저녁밥이 곧장 가스로 바뀌어 뱃속에 갇힌 기분까지, 답답함은 더해져만 갔다.
'자주 만나지 않은 데는 역시 이유가 있었나…'
헤어지는 시간은 빠르게 찾아왔다. 또 보자는 외침과 함께 웃으며 헤어지고는 뒤를 돌자마자 고개를 푹 숙였다. 친구와 빨리 헤어지고 혼자가 되고 싶었는데, 정말로 혼자가 되었더니 예상 못한 종류의 울적함이 찾아와버렸다.

가방을 껴안은 채 버스정류장 의자에 앉아 집에 가는 버스를 마냥 보냈다. 쓸쓸하게 신경이 곤두서서 눈앞의 버스를 타기 싫었다. 시끄럽고 복작거리는 버스정류장에서 파도처럼 쓸리고 사라지는 사람들에 눈을 두기 싫어 고개를 들었더니 아까 본 달이 같은 위치에 놓여 있다. 달이 밝구나. 친구와 각자 사는 이야기 따위 나누지 말고 오늘 달이 밝고 예쁘다고나 할 걸.

'집에 가자.'

집에 가기 위해 온 정류장에서 이제야 집에 가리라 마음먹고 곧장 버스에 올라탔다. 이상하게 오늘은 어떤 노래도 듣고 싶지 않았다. 마음의 상태가 좋지 않을 때는 가사가 없는 곡 하나만 반복해서 듣곤 하는데 그마저 소음으로 들리는 날이 있는 것이다.

무언가를 바라보고자 하는 시선이 아닌 그저 밖으로 눈을 둔다는 의식으로, 턱을 괴고 창밖을 보며 내가 옮겨지는 시간을 버티기로 했다. 큰 건물과 낮은 건물을 비슷한 속도로 지나는 동안 아까 본 달이 보였다가 안 보이길 반복했다.

이 세상은 하고 싶은 걸 하는 사람과 하기 싫은 걸 하는 사람으로 나뉘던가? 아니라고 생각하며 어금니를 꽉 깨물었다. 어둑하게 가라앉은 마음을 품고 집으로 가는 골목에서 다시 한 번 고개를 들었더니 아까 그 달이 여전히 나를 보고 있다. 모처럼 달무리도 끼어 있지 않은 예쁜 둥근달이. 핸드폰을 꺼내 카메라 앱을 켜고 손가락 두 개로 미리 줌을

당겨두고는 두 팔을 뻗어 달에 갖다댔다. 핸드폰 안에서 흐릿해져 흔들거리는 달을 보니 기분 좋게 슬펐다.

지금 집 앞에도 달이 있다. 아니 달과 함께 있다. 달은 오늘 저녁부터 지금까지 내 곁에 있었다. 가짜로 웃고, 쓸쓸함을 감추고, 그늘진 얼굴로 터덜터덜 걷는 나에게서 끝까지 눈을 떼지 않고 집 앞까지 데려다준 것 같았다. 그러고 보니 어제도 달에 눈을 둔 채 집으로 돌아온 게 생각났다.

'오늘도 달이 집까지 데려다주었구나.'

옅지만 가식 없는 미소가 머금어졌다. 달에게 무사히 집에 들어가는 모습을 보여주고 싶었다. 어느 때보다 씩씩하게 집으로 걸어 들어가며 달의 시야에서 사라졌다.

방에 들어가자마자 창문을 열었지만 달은 보이지 않았다. 며칠 뒤면 여기서도 보일 테지. 과학을 잘 몰라 그게 며칠 후라는 것까진 알지 못하지만.

"고맙다."

오늘 중 가장 평온한 말투로 인사를 건네고 창문을 닫았다.

식빵

사각 팬에 구운 설탕 10퍼센트 이하의 흰 주식용 빵.
본래 빵이라는 건 끼니도 간식도 되지만, 본격 주식용
빵이라는 뜻을 가진 '식빵'이라는 이름이 좋다.
두툼한 식빵에 버터를 발라 구우면 마치 고기의 육즙처럼
빵즙의 존재를 믿게 된다. 식빵 한 봉지를 사온 후
내 취향에 맞게 구워 준비하는 일만으로도
오늘 하루가 꽤나 마음에 들게 된다.

기분의 문제

그동안 다양한 형태의 날들이 있었지만, 충무로로 출퇴근을 하던 시절도 있었다. 첫 직장인 문구 회사에서 주로 맡아서 했던 일은 다이어리용 도장을 그리는 일. 스스로 다이어리를 꾸미는 일이 크게 유행해서 그에 관련된 제품들이 쏟아져나왔고 하필 그때 취직을 한 덕에 나의 매일은 다이어리 세상이었다. 충무로에는 도장 제작 업체가 있었고, 한동안 그 업체의 사무실 하나를 빌려 도장에 들어갈 그림을 그린 후 바로 발주를 넣고, 제작이 되는 대로 포장 업무까지 하게 되었다.

충무로로 출근하는 아침은 스물둘의 내가 사회생활을 하고 있음을 느끼게 해주었다. 당시에는 서강대 맞은편 골목에 위치한 사무실로 출퇴근을 하고 있던 터라 보이는 건 주민들과 대학생뿐이어서, 마치 나 혼자만 이상한 이유로 이곳에 오고 있다는 생각이 들곤 했는데 충무로에서는 달랐다. 지하철역에서 나올 때, 사무실에서 나올 때 보이는 건 일하는 사람들의 모습뿐이었다.

아홉 개가 한 세트인 다이어리 도장이 몇 세트 만들어지면 나와 두 명의 대표들 그리고 도장 업체의 남자 직원이 작은 테이블에 모여 포장을 하곤 했다. 불과 얼마 전에 그린 그림을 아무런 감정 없이, 표정도 없이, 같은 동작을 반복하며 작은 패키지 박스에 넣고 스티커를 붙여 마감한 후 택배 박스에 차곡차곡 포개어 넣었다.

그러다 마주한 충격적인 상황. 도장 업체의 남자 직원이 줄곧 도장의 위아래를 무시하고 패키지 박스에 넣고 있었던 것이다. 패키지 박스를 열었을 때 도장 위에 인쇄된 '이런 그림이 찍힌답니다'라는 예시 그림이 보여야 하는데, 그 직원은 인쇄된 면과 찍히는 면을 뒤죽박죽으로 섞어 포장해두었다.

'헉' 소리를 뱉으며 대표 중 한 사람에게 보여주었다. 지금 이 상황에서 누구보다도 확실하게 나의 경악스러움을 알아줄 사람이라는 걸 몸이 먼저 알았던 걸까. 목소리를 높여 "이렇게 하시면 안 돼요!"라고 말할 수 없었기에 그게 가능한 사람에게 바통을 넘긴 것이다. 나는 머릿속으로 우와 우와 하며 '이럴 수도 있구나. 이렇게 할 수도 있구나' 좀 다른 차원의 감탄만 할 뿐이었다.

이 일을 오래 해온 대표의 눈에는 더욱 놀라웠는지 반응이 뜨거웠다. 뒤죽박죽 포장된 도장을 보고 아연실색하며 다시 포장해야 한다고 흥분했다. 나로서는 다행인 반응이었지만 한편으로는 내가 감당해야 하는 일이 더 늘어난 셈이기도 했다.

그 남자 직원은 어이없어하며 대체 그게 무슨 상관이냐고 말했다. "아홉 개 다 들어 있잖아요. 뭐가 문제죠?" 틀린 말은 아니었다. 그림이 다른 아홉 개의 도장은 빠짐없이 들어 있었다. 그 뒤죽박죽으로 들어 있는 도장을 받은 고객이 항의 전화나 나쁜 후기를 남길 이유는 하나도 없었다. 하지만 기분의 문제는? 그건 어떻게 하실 건가요? 개미처럼 작은 목소리로 입을 열었다. "저는. 제가 산 사람이라면, 그림이 모두 위를 향해 있는 걸 받고 싶어요. 받고 나서 상자를 열었을 때 기분이 좋았으면 좋겠어요." 그리고 고개를 숙였지만, 하고 싶은 말이 너무 많았다. 아무래도 상관없다면 기분이 좋은 쪽으로 하는 게 낫지 않을까요. 도장 아홉 개를 찾아서 상자에 빠짐없이 겹치지 않게 넣는 정도의 노력을 하는 중이라면, 아주 조금 더 신경을 써서 그림이 보이게 넣으면 되지 않을까요. 그 과정 안에서 자신만의 룰을 만들어 넣는 순서도 맞춘다면 더할 나위 없이 좋겠어요. 아니 그보다도 굳이 위아래를 맞추지 않고 넣는 게 더 어려울 것 같은데요!

하지만 현실은 조용한 공기가 흐르는 충무로 어느 작은 사무실의 2층 방. 도장을 만드는 기계만이 쉼 없이 소리를 내고 있을 뿐이었다. 결국 또 다른 대표가 입을 열어 상황을 정리했다. 이미 포장해서 택배 박스에 넣은 것들은 어쩔 수 없으니 지금 눈앞의 것들만 다시 포장하고, 앞으로는 그림이 보이게 넣어달라고. "그린 사람이 그렇게 하고 싶다고 하니까, 그렇게 해주세요. 네?" 상황을 정리해주어서 고마웠지만 이 충격은 꽤 오래 지속되었다. 이건 그린 사람의 만족을 위한 일이 아니니까.

어째서 기분의 문제에 대해서는 이토록이나 둔한 것인가.
밤을 새워서라도 이미 뒤죽박죽으로 마감된 수많은 박스
들을 꺼내서 다시 포장하고 싶은 마음만 들었다. 하지만
눈앞에 놓인 잘못 포장된 것들도 꽤 많았고, 역시나 다시
포장을 뜯고 인쇄된 면이 위로 오게끔 재작업을 해야 하
는 건 나의 몫이었다. 남자 직원은 전보다 더 툴툴거리는
태도로 도장의 위아래를 맞추어 넣고 있었다. 그저 이 정
도로 감사해야 하다니 너무 분했다. "이렇게 하면 시간만
더 오래 걸린다고요" 하는 소리를 들었지만 아무도 답하
지 않았다.

모든 일을 딱 이 정도의 마음으로 일하는 사람일까. 혹시
그가 자기 자신을 융통성 있는 사람이라고 생각하고 있다
면 주먹 꽉 쥐고 결투를 신청하고 싶었다. '뒤죽박죽으로
넣는 자 VS 열어보는 사람이 기분 좋은 쪽으로 넣는 자'
어느 쪽이 한정된 시간 안에 더 많은 도장을 포장할 수 있
을 것인가! 승자는 당연히 나일 것이다. 뒤죽박죽으로 넣
고 있을 때에도 그다지 빠른 속도는 아니었으니.

기분의 문제를 홀대하는 상황을 맞닥뜨릴 때마다, 기분에
대한 내 기준은 착실해져만 갔다. 기분의 문제만큼은 성
실히 지켜나가는 일꾼이 되고 있었으나, 누군가는 '예민
하다'라며 쓸모없는 문제에 신경 쓰고 있다고 생각했을지
도 모르겠다. 도장 업체의 남자 직원처럼.
하지만 생각보다 많은 부분에서 상대의 기분을 신경 쓸 수
있다는 걸 왜 모르는 것일까? 일을 의뢰하는 이메일 하나

에도, 커피를 주문하는 카운터 앞에서도, 인쇄소에 보내는 인쇄 발주서에도, 중고 물품을 거래하며 발송하는 택배 박스에도.

나에게서 출발한 기운이 상대에게 닿을 때 좋은 기분이 들수 있게 한다는 건 그렇게 큰 에너지가 들지 않는 일이다. 그렇게 출발한 무언가가 타인과 마주했을 때의 인상은 내인상이 되기도 한다. 내 인상이 되지 않더라도, 하루 중아주 사소하게나마 웃음기를 머금을 수 있도록 작용하기를 바란다. 우연히 웃게 되는 일에는 어쩌면 누군가의 간결한 시간이 묻어 있을지도 모른다. 자신이 어떨 때 즐거운지 잘 알고 있어야, 타인의 기분까지 챙길 수 있지 않을까 싶다.

문구 회사를 몇 번 거친 후 나는 회사를 차리고 싶었다. 문구 회사냐고? 이 세상 모든 제품을 대행 포장하는 조합장을 차리고 싶었다. 어떤 일보다도 자신이 있는 건 왜일까.

150

계절을 눈치채기

계절이 바뀜을 실감하게 하는 말이 있다. "이번 여름은 한 것도 없이 금방 지나버렸네"라든지 "이제 가을은 없나 봐. 벌써 한겨울이야" 같은 말을 듣고 하늘을 보면 계절이 바뀌는 중임을 느낄 수 있다.

이런 투정을 듣고 있자면 말하는 이와 같은 웃음이 나면서도 한켠으로는 쓸쓸하다. 이 사람, 이 계절에 많이 바빴구나. 마치 계절의 마음이라도 아는 것처럼 곰곰해진다. 줄곧 다양한 냄새와 다른 무게감으로 오늘의 날씨를 내뿜었을 텐데, 어쩌면 하늘 한 번 보지 않고 평온한 숨 한 번 쉬지 않고 고개 숙인 마음으로 하루하루를 지나쳐왔던 게 아닐까. 머무를 겨를 없는 고속열차에 탄 사람처럼. 그간 신경 쓰지 못하다가 모처럼 더워지거나 추워졌을 때에 비로

소 창밖을 내다보며 계절을 느꼈고, 그래서 덧없게 느끼는 것 아닐까.

어쩌면 쉬이 멍해지는 사람일수록 계절의 변화만큼은 누구보다 먼저 눈치챌 수 있는지도 모른다. 그게 바로 나이기도 한데, 매번 맞이하는 이 계절에 대해 짧다고 느낀 적이 없다. "이번 여름 너무 짧지 않았어?"에 대한 내 솔직한 대답은 "그렇게 살았다면 그럴지도 모르지."
모든 계절을 길게 느끼는 건 아니다. 그저 한 계절의 끝에서, 매일 다른 날씨를 내뿜었을 지난 계절을 기억하며 이런 마무리도 나쁘지 않았다고 만족할 줄 아는 태도를 지녀보는 것이다. 움직이는 계절을 바라보는 시간이기도 한 출근 버스 안에서 생각했다. 이번 가을도 꽤 가을이었지라고.

계절에 신경을 쓴다는 건 매일의 다름을 알고 싶어 하는 것일지도 모르겠다. 반복되는 날을 살며 늘 같은 길로만 다니고 결국 같은 자리에 고여 있다가 어제와 똑같이 어둠 속에서 사라지며 끝나는 하루라 할지라도, 절대적으로 분명한 건 어제와 오늘은 다르다는 사실이다. 다르다는 건 새롭다는 뜻이기도 하다. 그렇기에 짧은 한 단어로 쓰는 계절이라 할지라도 그 계절을 느끼는 방법은 헤아릴 수 없이 많을 것이다. 어느 날은 자주 지나는 골목의 모퉁이를 돌며 '봄 냄새'라는 옛 냄새가 기억으로서 맡아지기도 하고, 늦게 일어난 아침 화장실에서 양치질을 할 때 어제와 다른 온도의 공기가 코로 들어와 '가을이 가려고 하네'라는 생각이 스치기도 한다. 그런 날은 내 삶의 가을이 끝나가려는 순간을 발견하는 날이기도 하다. 어쩌면 '덥다' '춥다'로 설명할 수 있는 여름과 겨울을 쉬워하는 건지도 모른다.

저마다 봄과 가을에 대해 형용하고 싶은 표현은 있지만 그 감각까지 깨닫기에 우리는 너무 바쁜 것은 아닐까.

시식 빵

여행이 좋은 점 중 하나는 매일 맞이하는 순간까지 계획할 수 있다는 것일 텐데, 얼마 전 도쿄 여행에서는 '우에노공원을 산책하는 아침'이라는 시간이 있었다. 숙소를 우에노 공원 근처로 잡으며 스스로 만든 일상이었다. 인생을 1년 단위로 자잘하게 잘라본다면, 그 작은 시간 안에서도 아주 맛있게 만든 몇 안 되는 날 중 하루였다. 가장 친한 친구이자 애인인 사람과 함께 만든 하루.

'편한 하루를 보내며, 맛있는 걸 먹자' 외에는 다른 계획이 없는 여행자에게 넓은 공원이란, 아직 살지 않은 오늘에 대해 이미 만족을 느끼게 되는 장소이다. 게다가 그 장소에서 지역 특산품을 파는 행사가 열리고 있다면, 너무나도 달콤한 우연.

차마 살 수 없는 가격대의 참빗과 한입에 넣을 수 있는 작은 모나카, 지역 녹차와 센베 등을 구경하며 다다른 곳은 나가사키 카스텔라 부스. 많은 사람들이 모여 있어서 빠져나가려던 순간, 아낌없이 담겨 있는 시식 코너가 눈에 들어왔다. 기본 카스텔라, 치즈 카스텔라, 캐러멜 카스텔라, 녹차 카스텔라가 한입에 쏙 넣을 수 있는 크기로 잘려 있었다. 엄지와 검지로 집기 딱 좋은 크기로. 아래를 잡으면 카스텔라의 탄력 있는 힘이 느껴졌다.

가장 맛있었던 건 역시나 기본 카스텔라였다. 음식의 쫄 깃한 식감은 떡만이 아니었구나. 카스텔라만이 피워내는 쫄깃함은 단숨에 눈을 크게 만들었고, 그 눈으로 곧장 가 격을 확인했다. 길고 무거운 카스텔라는 한 박스에 600엔, 두 박스에 1,000엔. 하나씩 나누기로 하고는 두 개를 달라 고 말하니 직원이 웃으면서 말하길 "세 개에 1,200엔입니 다만, 두 개로 괜찮으시겠습니까?"

뒤를 돌아 무슨 큰일이라도 벌어진 것처럼 흥분하며 사실 을 알렸더니 돌아오는 비장한 눈빛. 고민할 이유 없이 카 스텔라 세 박스를 손에 넣었다. 예상에 없던 열정적인 여 행의 시간. 아침 산책부터 꽤 무거워져버렸지만 비어 있 는 백팩을 들고 나왔으니 남은 하루 동안 무사히 카스텔 라를 업고 다닐 수 있을 것이었다. 오늘의 도쿄를 함께 여 행해보자꾸나!

한 박스는 숙소에 돌아가서 먹기로 하고 인파를 빠져나왔 다. (그 사이 한입에 넣는 모나카도 샀다.)

"식감이 이렇게나 좋다니."

"작게 잘라놓은 걸 먹어서 더 맛있나?"

"그럴지도."

아차 싶었다. 그럴지도 모르는 게 아니라 시식 빵이란 건 원래 그렇기에 더 맛있는 존재가 아니었던가. 평소에 내가 먹던 대로가 아닌, 시식 빵으로서 잘린 단면이 더해주는 식감의 존재를 알고 있었는데 말이다. 그렇다 해도 분명히 맛있는 빵임에는 틀림없었다. 그리고 미래에 맞이할 카스텔라에 대한 다짐 한 줄.

'집에서도 시식 빵처럼 잘라서
먹어야지.'

몇 년 전 같은 회사를 다니던 친구에게 똑같은 말을 들었던 기억이 났다.

"맛있다! 작게 잘라놔서 더 맛있어!"

그때 작게 잘라 맛있던 건 빵이 아닌 떡. 눈이 반쯤 감긴 아침, 집에 있던 시루떡을 보니 지루하고 배고픈 시간에 먹고 싶을 것 같았다. 사무실에는 나까지 일곱 명. 그들의 책상을 돌아다니며 내밀 생각에 널찍한 시루떡을 자잘하게 잘라 도시락통에 담았다. 그래야 나도 책상에 앉아 집어먹기 쉬우니까. 시루떡은 자르는 소리도 재밌었다. 짜알뚜웃! 짜알뚜…웃! (웃! 소리와 함께 도시락통 안에서 가장 먼 곳으로 떡이 신나게 날아간다.)

그 시루떡을 친구가 입에 넣자마자 내뱉은 말. 그 말에 기뻐서 내 자리로 가려다가 돌아섰다. 잘린 단면이 공기를 만나서 아주 조금 딱딱해지려는 그 찰나에 입에 들어가니 오히려 식감 상승. 그리고 먹기 편함이라는 건 맛있다는 전제가 되어주지. 그걸 알아주는 이가 이 사각의 사무실에 있다니. 지금 이 삶에 안심 또 안심. 작게 잘라온 시루떡 덕에 조금 기뻐하며 잠을 깨던 오후였다.

우에노공원에 앉아 나가사키 카스텔라를 오물거리며 몇 해 전 시루떡을 함께 먹던 친구의 웃는 얼굴을 떠올렸다. 우에노공원 안의 스타벅스에 들어가 카푸치노를 마시고는 각자 보고 싶은 박물관과 미술관에 들어가 온전한 개인 시간을 갖고, 해가 진 뒤에 다시 만나 저녁을 즐겼다. 노랗고 묵직한 나가사키 카스텔라와 함께 고흐 전시를 보던 하루는 오래 잊지 못하겠지. 먹기도 좋고 맛도 좋게 잘라놓은 한입짜리 시식 카스텔라 같은, 하루짜리 시식의 날이었다. 이런 나날들만 줄곧 맛볼 수 있으면 얼마나 좋으려나.

오늘의 맛으로 1년어치를 구매해도 되겠습니까? 3년어치를 산다면 더 저렴합니까? 살 수 있다고 하더라도 어쩌면 어마어마한 가격대라 살 수 없을지도 모르겠다. 입맛에 맞는 시식 빵을 찾아 스스로 입에 넣을 수밖에.

고여 있는 하루

오래전 100문 100답이 유행하던 시절, 지나치게 열심히 나에 대한 답변들을 적어내려가곤 했다. 100문 100답은 그 종류도 참 다양해서 심심할 틈도 없이 작성할 수 있었고, 보는 이도 없는 블로그에 게시하곤 했는데 보는 사람은 늘 나였다. 이제는 단문 SNS를 사용하는 시절이지만 '#마음당_나에_대한_쓸데없는_정보' 같은 해시태그를 붙여 자신의 이야기를 나열하는 걸 보면, 자기 이야기를 하고 싶은 욕구는 형태만 달리했을 뿐 여전히 그 자리에 있는 것 같다.

100문 100답이 불현듯 생각난 건 문득 '고인 물'이라는 말이 떠올라서였다. 정확히 어떤 질문인지 기억나지 않지만 싫어하는 단어 혹은 싫어하는 것에 대한 질문이 있었고, 그 대답으로 '고인 물'이라고 적었다. 고여 있다는 게 참 싫었다. 그대로 고여 있느라 온도도 변하고 냄새도 역해지며 썩은 물이 되는 게 끔찍했다. 물이라면 역시 흐르는 물이 제일이니까. 꾸준히 흐르고 흘러서 신선도를 유지하는 사람이고 싶었는데, 내가 나를 객관적으로 바라보면 고인 물 지망생 같았다.

한때는 닿고 싶은 것에 닿지 않고, 늘 고여 있으며, 어떻게

든 지금에서 나아지기를 바랐다. 어쩌면 굳이 기운 없는 감각만을 선명하게 만들며 어쩔 수 없다는 이야기를 나에게 하고 있었던 것인지도 모른다. 굳이 이 기분들을 그림으로 그리고 전시까지 했으니까.

그때 그린 '고여 있는 하루'라는 그림은 딱 고인 사람의 모습을 하고 있다. 고인 물 위에 두 다리를 두 손으로 꽉 잡고는 일어날 생각이 없는 듯 앉아 있고, 아무 기력이 없어서 입을 벌린 채 초점 없는 눈을 하고 있는 인물. 곰팡이 같은 퍼런색으로 채색한 그림이다. 내 감정을 써가며 그린 그림임에도 어느새 내가 반응하지 않게 되었다. 이제 고여 있는 게 너무나 좋아져버렸다.

고여 있을 수 있다는 건 내 삶을 가지고 있다는 것임을 그때는 몰랐다. 어느덧 내 안에서 '고임'이라는 의미도, 그 단어를 받아들이는 마음도 이토록이나 바뀔 수 있다니.

어느 밤에, 펑펑 운 적이 있다. 문득 '내일 뭐 하지?'라고 생각하자마자 너무 기뻐 침대 위에서 이제 막 바꾼 무거운 겨울 이불을 티슈 삼아 울었다. 회사생활을 하며 그 생활이 당연하던 시절을 떠올려보니 이 시답잖은 '내일 뭐 하지?'가 우스꽝스럽게도 감격스러웠다. 퇴사한 지 딱 1년 반 만에 느낀 감각이었다.

언제나 별일 아닌 일로 괴로워해야 했다. 괴로워해야 구성원이 되었다. 아무래도 상관없는 일들이 큰 문제가 되어 그 네모난 사무실 안의 사람들을 모두 잡아먹던 나날. 집으로 돌아간들 문제는 해결되지 않고 다시 그 세상으로 복귀해야 하는 삶이 이제 더 이상 여기에 없다는 사실. 1년 반이 지나서야 내가 회사에 다니지 않고 있다는 것을 실감했다.

내 일이 아닌 일로 내일이 오지 않았으면 하는 밤은 이제 없다. 그저 시답잖은 마음으로 내일은 뭘 먹을까, 아침에 바로 작업실에 갈까 아니면 카페에 잠깐 앉아서 어제 읽다 만 책을 읽을까, 당장 급한 마감은 없으니 한강문고에 가서 책을 좀 볼까, 돈을 아껴야 하니까 그냥 커피는 내려 마시고 저녁에 외식을 할까 생각한다. 그 와중에 바쁘고 힘든 일은 계속될지라도, 적어도 내일이 오길 바라며 잠들 준비를 하고 있다는 게 어쩌나 놀랍도록 감격스럽던지. 이런 울음은 건강에 좋은 기분이 든다. '고일 곳'을 찾았더니 내일이 오길 바라는 사람이 되었다.

아무리 회사를 오래 다녀도 그 건물 그 자리 어디에도 내가 고일 수 있는 지점은 없었다. 언제나 도망치기 바쁘다 보니 고일 곳도 없어서 썩지도 않았지만, 몸과 마음만 멍들어갔다. 이제 안 것이다. 내가 싫어하는 건 '고인 물'이 아니라 '고일 수 없는 곳'이라는 걸.

고여 있는 지금의 내 모습을 그려보고 싶어져서 일하던 도중 스케치북을 펼쳤다. 슥슥 그린 고여 있는 나는 살짝 웃는 얼굴을 하고 있다. 웃으며 고여 있던 이 모습도 결국 지나간 고임이 될 것이다. 그리고 훗날 돌이켜보았을 때 '이 정도의 고임에도 만족했다니'라고 감상하며 완벽한 내 자리를 찾았기를.

카푸치노처럼 울었다

다이어리를 소유하고 있다는 사실을 잊을 만큼 정신없는 나날을 살다가 오랜만에 펼쳐보면 아무런 자국이 없어 현실의 바쁨을 느낄 수 없다. 내 다이어리조차 내 편이 아니었나 싶다. 매일 주어지는 월간 다이어리의 칸들이 버겁게 느껴진다면, 매일 아무 감정 없이 빈칸이었으면 하는 마음으로 지내왔기 때문 아닐까. 이미 지나쳐온 빈칸에 적었다.

"이날 뭐 했지? 슬펐지."

슬픔의 형태는 다양하다. 이유 없이 슬프기도 하지만, 뚜렷한 이유로 슬플 때는 더욱이 아픈 모습을 하고 있다. 어린 시절의 슬픔에는 많은 종류가 없었다. 나에게서 비롯된 슬픔보다는 가족의 구성원이기에 함께 겪어야 하는 슬픔뿐. 돌이켜보면 내 일이 아닌데도 몸이 부서져라 울곤 했다. 조금씩 나의 사회가 생기면서 가족의 일은 잔잔해졌다. 그렇다고 어린 시절에만 비극적이었던 건 아니다. 그저 나를 분리할 줄 아는 하루를 쌓아가는 법을 알게 된 것뿐이다. 가족의 일이란, 실은 개인의 일이 서로에게 보이는 일. 가족 구성원에게 큰일이 생겨 나에게까지 슬픔의 물이 다가와 발가락 끝에 닿더라도, 그 젖은 발을 보기만

할 뿐이었다. 슬픈 얼굴을 지어 보이는 것까지가 구성원으로 지내고 있는 나의 최선이었다.

그렇게 살았더니 홀가분해지며 내 생활이 눈에 들어왔다. 나의 사회가 만들어내는 슬픔에만 조금씩 적응해가며, 가까이서 잠자리에 드는 가족에게는 보여주기 싫었다. 가정 내의 사사로운 일들에 함께 웃고 되도록 자주 다이어리를 펼치며 내 하루들에 집중했다. 슬퍼할 시간이 없는 시기였다. 월간의 빈칸마다 업무 일정과, 지인과의 약속, 친구와의 여행, 회의 장소와 시간, 완료된 일에 대한 표시, 입금이 완료된 작업료 등이 적절히 적혀 있던 날. 문득, 이 정도의 요즘이 꽤 마음에 들었다. 그런데 이제 조금 내 삶을 살아볼까? 생각하자마자 파도 같은 슬픔이 나를 덮쳤다. 엄마의 사고였다. 발가락 끝만이 저릿한 게 아닌, 내 하루를 모두 쓰러트려버린 듯한 슬픔에 나는 그만 중심을 잃고 넘어졌다. 월간 다이어리의 빼곡한 일정을 무시한 채 매일이 슬플 예정이 되었다. 또 한 번 가족의 일로 슬프게 되었지만, 부모의 보호자가 되어야 한다는 일은 미처 겪어보지 못한 슬픔이었다. 엉엉 울며 잠들어도 되는 일이 아니었다.

병실에 잠든 엄마를 등지고 나와 병원 복도에서 울며 생각했다. 단단해지고 싶지 않다고. 가족의 일 때문에 일찍 철이 든 것만 같은 어린 내가 싫었던 것처럼, 좋지 않은 일로 하여금 단단해진 사람이 되고 싶지 않았다. 슬픈 일로 어른이 되기 싫었다. 그래서 나에게 알려주었다. 이 일도 언젠가는 다 지나버리고 엄마와 웃으며 회상할 수 있을 거야. 그러니까 너무 슬픔의 방향으로 몰두하지 말자. 그때 그랬지 하며 더 웃을 거리를 만들자. '그 병원 그래도 1층 카페 커피가 맛있었지'라든가, '창밖으로 안양천이 보여서 좋았지'라든가, '담당 의사 선생님이 서글서글 좋은 분이어서 다행이었지'라든가. 엄마와 같이 찐만두를 먹으며 만화책을 보던 병실의 오후를 기억하자고 생각했다.

"지금 갈게. 뭐 먹고 싶어?"

"찐만두."

내가 사간 찐만두를 한입 먹은 엄마는 환자복을 입은 사람치고는 너무나 해맑게 말했다.

"먹고 싶을 때 먹으니까 정말 맛있다."

단단해지지 말자고 되뇌었더니 그 말이 정말 이루어져서 한없이 약해빠진 어른이 되었다. 달리는 버스 안에서 엄마와 아빠라는 사람을 생각만 해도 눈물이 고인다. 눈물이 고인 채 달리는 일이 일상이 될 줄은 몰랐다. 슬픈 일로 어른이 된 사람이 아닌, 매일이 슬퍼서 우는 어른이 되었다. 나는 언제나 카푸치노처럼 울고 있었다.

다이어리에 적힌 일들을 위해 병실에서 나와 작업실로 향하는 버스에서 엄마 생각을 하며 딱 카푸치노만큼 울었다. 눈가에 눈물이 잔뜩 맺혔지만 옷으로 떨어지지는 않게. 넘치기 직전까지 동그란 모양으로 부풀어 오르도록 뜨거운 우유를 붓는 것처럼, 머금을 수 있을 만큼만 슬퍼했다. 목이 잠기고 턱이 당기기 시작하자 슬픈 생각이 조금씩 펴졌고 숨이 고르게 쉬어지며 내 몸에서 나온 눈물을 다시 내 몸이 마셨다. 머금을 만큼만 빼내고 내보내고 싶은 걸 다시 받아들이기. 지금을 사는 내가 너무 아프지 않게, 내 삶을 온전히 살면서도 가족을 대하는 태도였다. 나는 안다. 혼자이고 싶은 만큼 엄마가 보고 싶을 거라는 걸.

엄마는 의사도 놀랄 만큼 빨리 회복했고, 나는 조금씩 이전의 태도를 찾아갔다. 일이 많아 다이어리를 자주 펼쳤던 요즘, 크고 작은 일들이 매일 있기에 빈칸은 찾기 어려웠다. 무엇이 슬펐고, 어떤 날이 즐거웠는지 곧장 돌이켜지지 않았다. 이제 곧 끝나가는 월간 페이지 귀퉁이에 작은 글씨로 적었다.

"그럼에도 불구하고 즐거운 날은 분명 있었다."

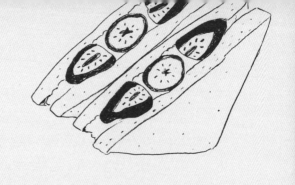

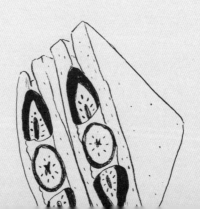

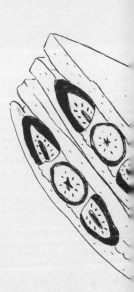

후르츠
샌드위치

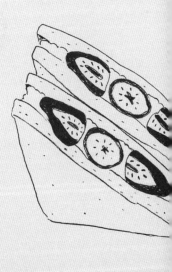

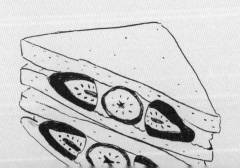

빵 고르듯 살고 싶다

후르츠 샌드위치가 가장 먼저 선사하는 감동은

몰랑하고 가벼운 풍요.

날계란을 쥐듯 아무 힘도 주지 않고 그저 내 손에 앉힐 뿐인

먹기 전 후르츠 샌드위치와 마주 봄이 좋다.

조금 뒤 신나게 깨물었을 때 크림이 삐쭉 나오며

과일 한 덩이가 허무하게 바닥으로

툭 하고 떨어질 줄도 모르고 말이다.

하긴 모든 일이 그렇지.

일을 시작하기 전에 그저 마주 보며

이런저런 상상을 하는 단계가 제일 맛있더라.

어디가 호강하고 싶어요?

회사생활을 하면서 알게 된 무수히 많은 것 중 한 가지. 회사에 있는 사람은 점심을 대충 먹어도 되는 사람과 그렇지 않은 사람으로 나눌 수 있다는 것. 나는 후자였다. 오전이라는 1교시와 오후의 긴 2교시 사이의 점심시간만큼은 스스로 괜찮다고 여길 수 있을 만한 수준으로 보냈으면 하는 사람이었다.

그 기준이 그다지 높은 것은 아니었지만 마음이 매기는 수준에 미치지 않는다면 오후에 어떻게든 보상해야 하루를 미련 없이 보낼 수 있었다.

책상에서 차디찬 편의점 김밥과 감동란을 먹고는 그대로 앉아 일하는 사람을 보면 그 어느 때보다 거리감을 느꼈다. 오후 두 시가 되어서야 플라스틱 통에 든 계란껍질을 버리러 가는 뒷모습을 보며 그 사람보다 그 사람의 마음이 걱정되었으나, 지금은 그런 시간이 필요한 사람도 있다고 생각한다. 나 역시 점심시간에 혼자 나가 커피 한 잔만 들고 한 시간 내내 회사 주변을 걸어 다닌 적도 있었다. 아무 말도 하지 않고 스위치를 끄는 시간이 필요한 날이 있었다.

적어도 입과 마음이 삐치지 않는 밥을 먹은 후 아무 생각도 하지 않는 산책을 해야 그나마 나쁘지 않은 평범한 점심시간이었고, 점심을 대충 때우지 않아야 하는 비슷한 타입의 사람들과 날을 잡아 평소에 가기 힘든 곳에서 밥을 먹기도 했다. 보통 그런 곳은 카페 겸 식당으로 가격대가 비싸지만 늘 사람이 많아 누구든 5분 전에 먼저 나가 자리를 맡아야 했다. 그런 수고를 겪으면서도 모처럼의 맛있는 한입은 퍼석퍼석한 직장인의 하루에 분명한 '쁘띠 행복'이었다. (종종 5분씩 일찍 나가다가 이사님에게 걸려 눈치를 받았는데, 공식적인 자리에서 "요즘 자꾸만 점심시간 전에 나가는 사람이 있는데 12시에 나가십시오"라는 소리까지 들었다. 그 순간 같이 나갔던 팀원이 "역시나 이 회사는 안 되겠네"라고 속삭였고 나는 웃었다.)

어느 날 집에 갈 시간이 영영 오지 않을 것 같던 오후, 상사 S가 메신저로 메시지를 보내왔다.
"내일 점심에 '카페 히비'에서 런치세트 먹을까?"
회사에서 카페 히비까지라면, 버스를 타고 카페에 도착한 후 아무것도 먹지 않고 그대로 나와 다시 회사에 돌아오기에도 빠듯한 거리였다.
"너무 좋죠. 근데, 가능…할까요?"
"그러니까. 미리 전화로 주문을 해놓고, 5분 일찍 나가서, 택시를 타고서!"
하루 전 둘만의 계획. 점심을 대충 보내면 안 되는 타입인 두 사람의 끈끈한 수작이었다. 무려 스물 몇 시간 전부터 다음 날 점심시간에 먹을 걸 계획하는 시간은, 그 자체로 맛이 있었다. 내일 출근길은 아주 조금 더 의미 있을지도.

전혀 집중 안 되는 오전 1교시를 보낸 후 결국 우리가 원하던 점심시간을 맞이했을 때의 기분이란. 누군가 그때의 우리를 지켜봤다면 "저런 게 행복이래. 너무 웃기지? 정말 웃겨"하며 비웃다가 어째서인지 부러워했을지도 모르지. 런치세트의 요리는 또렷이 기억나지 않지만 요리가 담긴 그릇들이 반짝이며 빛을 내던 건 기억이 난다. 정오의 조용한 카페에 놓인 그릇들이 이름답게 느껴졌다. 비록 잠시 후 남은 음식들을 입에 구겨 넣고는 택시를 잡아타고 뛰어가야 할지도 모르지만 일단은 모처럼의 '절대 대충 아님'을 맛보는 시간이었으니까.

커피까지 마신 후 부랴부랴 카페에서 나왔다. 택시를 타기 위해 큰 도로로 경보를 하듯 걸으면서 터지는 웃음을 막으며 말을 건넸다.

"저는 매일 입만 호강하면서 사는 것 같아요."

"하하. 그럼 어디가 호강하고 싶어요?"

"글쎄요. 전신…?"

"파하하!"

아슬아슬한 복귀 길, 대충 먹는 것은 언제든 용납 못하는 두 여자가, 같이 밥 먹고 싶은 사람이라는 걸 아는 사이끼리, 잘 연출되어 있는 조용한 카페에서, 여느 때보다 맛있는 점심을 먹고서, 종종걸음으로 걸으며 파하하 웃던 시간만큼은 확실히 전신이 호강 중인 순간이었을지도.

어제 먹은 밥

늦은 밤 동네 산으로 운동을 가던 길에 친구 유진으로부터 영상 하나를 받았다. 휴대폰 잠금 화면에 뜬 영상 도착 알림만 보고서 산을 마저 올랐다. 궁금함을 안고 어두운 산을 오른 후 운동 기구들이 가득한 공원의 작은 등나무벤치에 걸터앉아 영상을 재생했다. 안정적인 상태에서 마음을 가다듬고 보고 싶은 기분이었다. 영상에는 몇 달 전 도쿄에서의 내 모습이 잔잔한 음악과 함께 편집되어 있었고, 친구 앞에서 허물없이 편하게 웃는 내가 있었다.

혼자 도쿄 여행을 떠났을 때 유진도 남자친구와 도쿄에 왔기에 만나지 않을 이유가 없었다. 유진은 여행 전부터 남자친구에게 양해를 구해 하루는 나와 보내기로 했고 그 시간을 자유시간이라고 불렀다. 나 역시 하루는 온전히 함께 하고 싶었다. 그런 하루가 여행 중에 있다는 생각에 들떴다. 일부러 단둘이 여행을 계획하고 떠날 수도 있겠지만 각자의 사회가 있다 보니 쉬운 일이 아니었기에 이런 우연은 단 하루라 해도 기쁠 수밖에.

드디어 도쿄에서 만난 우리는 아사가야 역 근처에서 점심을 먹고 버스를 타고 '치히로미술관'에 갔다. 도쿄에서 뭘 하고 보낼지 둘이서 꽤 고민을 했으나 사실상 뭘 해도 어디에 가도 상관없었다. 그래서 친구와 가고 싶은 곳을 떠올렸더니 작년에 가보고 좋았던 치히로미술관이 생각났던 것이다.

치히로미술관에서 긴 시간을 보낸 후 미술관 내 카페에서 핫케이크와 애플아이스티를 먹었다. 뽀송한 핫케이크 두 장이 그렇게 기뻤다. 핫케이크 사진을 찍었는데 그 앞에 마주한 유진의 함박웃음까지 같이 찍혔다. 그러곤 다시 버스에 올라 오기쿠보 역에 내려 니시오기쿠보로 이동하며 "지금 여기 약간 망원동 같다"라고 말했다. 유진과는 토요일이면 같이 버스를 타고 망원동에 있는 내 작업실로 가곤 했기에, 그 일상이 도쿄에서도 고스란히 느껴졌다. 일상에서 여행을 느끼는 것만큼, 여행에서 일상을 느끼는 것 역시 특별한 행복감을 주었다.

니시오기쿠보에 내려 산책을 하다가 유진이 가고 싶어 하던 책방에 가서 따로 또 같이 시간을 보냈다. 사실 전날 방문한 곳이었으나 유진과 함께 있는 건 처음이었기에 그 시간도 겪고 싶었다. 같은 공간이어도 어느 시간에, 누구와, 어떤 마음을 갖고 방문하느냐에 따라 다르니까.

책방 앞에서 다시 버스를 타고 기치조지에서 내렸다. 궁금했던 오래된 영화관 건물에 들어가 두리번거렸고, 티켓이 없으면 건물 내부는 구경할 수 없다는 사실에 낙심하고는 왠지 그런 상황에 놓인 우리가 귀여워서 웃었다. 길을 걷다가 작은 신사로 들어가서 큰 나무를 같이 올려다봤다. "정말 크다." "정말." 이런 대화를 나눴고 누군가의 기도를 구경했다. "뭘 빌었을까?" 비가 온 날이라 온통 축

축했고 시원한 기운이 코로 계속 들어왔다.

적절히 배고파지려는 시점에 유진은 눈여겨본 교자 가게가 있다고 말했고 반갑게 찾아가서 교자와 히야시츄카(일본식 냉라면)를 시켰다. 히야시츄카는 편의점에서만 먹어봤기에 꼭 음식점에서 정식으로 먹어보고 싶었는데 그 데뷔를 함께해서 더욱 맛있게 느껴졌다. 교자도 히야시츄카도 맛이 좋아서 둘 다 눈을 동그랗게 뜨고 몇 번을 마주 보았다. 그리고 지금까지의 하루와 눈앞의 음식에 만족하며 지금 함께 있는 시간을 내내 칭찬하며 웃었다.

교자집에서 나왔더니 유진은 대뜸 맥주가 먹고 싶다고 했고 딱 생각나는 곳이 있어서 이번엔 내가 앞장을 섰다. "〈고독한 미식가〉에 나폴리탄과 함바그 정식 맛집으로 나왔던 곳인데 술집이어서 간단한 안주도 많아!" 나의 신나는 주절거림에 유진은 그 에피소드를 본 적이 있다고 했다. 맞장구의 좋은 표본이 이렇게 대화로서 새겨지고, 우리는 기치조지의 오래된 술집에서 두툼한 햄을 튀겨 만든 햄카츠에 맥주를 마시며 웃었다.

늦은 저녁이 되어서야 기치조지 역에서 헤어졌다. "서울에서 만나!"라고 외치며 우리의 도쿄 하루가 끝이 났다. 무뚝뚝한 나는 헤어지는 순간을 찍는 유진의 앞에서 한껏 활짝 웃으며 무려 손하트를 하고 있었다.

30초 남짓의 짧은 영상에 그날 하루가 빼곡히 기억났다. 아 그날 비가 왔지, 체크 셔츠를 입었지, 머리가 짧았네, 나 웃을 때 얼굴이 이렇구나, 친구 앞에서 정말 편하게 웃는구나. 자꾸만 끝나는 영상을 다시 재생하며 계속 봤다. 아사가야 역에서 만나 손을 흔들던 그 처음 모습부터 기치 조지 역에서 헤어지며 서로 하트를 보내던 모습까지 내가 켜켜이 잊지 않고 있음을 알게 되었다.

왠지 눈물이 났다. 마음속으로부터 좋아하는 친구와 함께 만나면 늘 느꼈던 편안함을 가지고 올해 365일 중 딱 하루를 내가 좋아하는 도시에서 지냈다는 그 사실이 너무 좋아서 자꾸만 슬퍼졌다. 너무 뜨거운 물을 만졌을 때 아주 잠깐은 차가운 것 같은 느낌과 비슷할까. 너무 좋으면서 잠깐씩 슬픔이 올라와 결국 울었다.

다시 서울로 돌아와 잠들어도 되는 침대 위에서의 시간만을 기쁨으로 삼는 하루하루를 보내며 도쿄에서의 시간은 잊게 되었다. 여행에서 돌아온 후 여행을 다녀온 나를 뒤치다꺼리하는 기분마저 들었다. 이상하게 힘든 여름이었으나 그 여름도 결국은 지나고, 가을이 시작되는 밤에 받은 영상은 곧바로 나를 도쿄로 되돌렸다. 인생에서 그런 하루쯤 있다는 건 건강하구나. 기록이라는 건 그래서 고맙다. 어차피 지날 순간을 영상으로 찍어 편집하는 수고로움을 즐거움으로 삼은 유진이 고마웠다.

2011년부터 블로그에 '임밥'이라는 이름으로 내가 먹은 것들을 기록하기 시작했다.

지금도 가끔씩 한 달 분량의 식사를 정리해서 올리곤 하는데, 그때만 해도 매달 연재하듯이 적극적으로 올렸다. 처음에는 2010년 한 해 동안 먹은 밥들을 올렸다. 한 해가 지나버리고 남은 건 기억과 핸드폰 속 사진이었으니까. 그렇게 사진과 함께 짧은 코멘트를 써보니, 먹은 것만으로도 그날 누굴 만났고 어떤 생각을 했는지 또 어떤 대화를 나눴는지까지 떠올랐다. 2010년 '임밥'에 자주 등장한 친구 희진은(희진은 유진의 친언니이기도 하다) 댓글에 "밥으로 보는 임진아 문화사 푸흐흐"라고 댓글을 날았고, 그때부터 좋은 자극을 받아 매달 올리기로 한 것이다. 이게 은근히 반응이 좋아져서 달이 바뀌고도 글이 안 올라오면 왜 안 올리냐는 연락을 받기도 했고, 심지어 블로그 유입 검색어 순위에 "임밥"이라는 단어가 1위를 차지하기도 했다. 누군가의 밥을 구경하며 그 일상을 엿보는 일이란 꽤 재밌는 일이었나 보다. 내가 재밌게 썼기 때문일 테지만.

오래전에 써둔 '임밥'은 지금까지도 나에게 꽤 유용한 자료로 쓰이고 있다. 최근 애인과 함께 을지로4가에 있는 평양냉면집 우래옥에 갔다. 여느 때보다 맛있게 느껴져서 둘 다 "왜 요즘 뜸했지?" 하고 극찬을 늘어놓으며 정말 맛있게 먹었다. 애인은 냉면에 원래 배추가 들어 있느냐고 물었고 나는 잘 모르지만 아마 들어 있던 것 같다고 말했다. 애인은 계속 갸우뚱거리며 "아닌데 없었는데. 이런 김치가 냉면에 들어 있었다고? 아닐 텐데"라고 했다.
집에 돌아와 노트북을 켜고 예전 임밥 글 중에 우래옥을

검색했더니 우래옥 사진이 나왔다. 2013년 2월의 임밥이었다. 나와 애인이 처음으로 우래옥에 간 날이었고, 모니터에 가까이 다가가 냉면 사진을 자세히 들여다보았더니 배추는 있.었.다. 그리고 사진 밑에는 이렇게 쓰여 있었다. "종로 우래옥. 내 입맛엔 우래옥이 제일 맞는 것 같다. 고기고기한 국물이지만 다른 집과 다르게 감칠맛과 시원함이 공존한다. 비싼 집이고 내부도 꽤나 근사하다. 비싼 불고기도 먹고 비싼 냉면도 함께 먹는 사람들로 바글거리는 사이에서 우리는 조촐하게 비싼 냉면만 먹고 나왔다. 다음에는 불고기랑 냉면이랑 같이 먹자는 소소한 대화를 나눴다."

푸하하 웃었다. 이번 우래옥에서도 똑같은 말을 했으니까. "우리는 언제쯤 고기를 구워 먹으면서 냉면을 먹을 수 있을까?" 애인의 말에 나는 "사실 먹으면 먹는데…"라고 대답했다. 4년이 지난 지금도 우리는 비싼 냉면만 조촐하게 먹었구나. 이런 귀여운 사실을 알 수 있는 건 나의 식문화가 기재되어 있는 임밥이라는 기록이 있기 때문이다. 한 그릇의 끼니로 그날의 분위기가 그려지고, 그 덕에 몇 년이 지나서도 냉면 고명으로 여전히 배추가 들어 있는지 아닌지를 알 수 있는 것.

오늘도 친구들과 마주한 카페 테이블을 찍었다. 이런 오후가 있었다는 걸 잊지 않고 싶어서. 묘하게도 그날의 테이블을 보면 그날의 나와 우리가 단편적으로 떠오른다. 단지 그걸 찍어두는 아주 쉬운 기록의 방법으로 적어두는 것뿐이다.

사실 나의 이야기이기 때문에 재미있는 거겠지. 그렇다면 이 세상에서 제일 지루한 이야기는 무엇일까? 아마도 싫어하는 상사가 들려주는 오늘 꾼 꿈 이야기가 아닐까. 하지만 내 꿈이라면? '잠꿈'이라고 태그를 걸어 굳이 매일 적고는, 꿈의 역사를 기록하는 기분으로 혼자 쓰고 혼자 보고 싶겠지.

"어제 뭐 먹었어?"라는 질문에 어제 먹은 밥의 모습이 단번에 생각이 나질 않는다. '잠깐 어제 뭐 했더라. 어디 갔더라'부터 더듬으며 차근차근 지난 테이블로 이동하게 된다. 그런 더듬더듬거리는 흐름을 굳이 기록하는 일. 사실 쓸모없는 일은 생각보다 잔뜩 행해져야 하며, 그것들을 보며 의미없이 단순하게 웃음 짓는 시간 또한 필요하다. 채소를 섭취하는 것과 비슷한, 싱그러움을 투입하는 시간이라고 믿고 있다.

기록은 쉽다. 하지만 기록하지 않는 건 더 쉽기에 언제든 이미 지나쳐버린 마음으로 살게 된다. 구태여 영상을 편집해서 전송해준 친구로 인해 동네 산에서 여행자의 기분이 되었고, 굳이 매일 먹은 밥 사진을 올리고 글을 쓴 나로 인해 시답잖은 의문을 풀 수 있었다. 그래서 또 한 번 더 웃을 일이 있고, 웃을 힘이 생기는 것 아닐까.

둘만의 정답

여느 때와 같은 토요일에 '사적인서점'에서 일본어 수업을 마친 후 마침 그곳에 전시와 이벤트를 위해 방문한 도쿄 카모메북스의 직원 와가츠마 미나 상과 일러스트레이터 야마우치 요스케 상을 만났다. 사적인서점의 오너 지혜 씨는 나를 "국내 일러스트레이터 중 가장 좋아하는 진아 씨"라고 소개해주었다. 그 소개에 나도 "와 정말요?" 하며 놀랐다. 지혜 씨는 고맙게도 내 책 『어제 들은 말』을 꺼내 소개해주었고, 두 분은 흔쾌히 구입을 했다.

서로의 작업물에 사인하고, 사진을 찍고, 긴장과 부끄러움과 기쁨이 교차되던 시간. 카모메북스에서 주로 전시나 이벤트를 기획하고 있다는 미나 상이 나에게 "이건 어떤 내용의 책입니까?" 하고 물어보았다.

『어제 들은 말』은 자가출판으로 펴낸 얇은 책이다. 다이어리 귀퉁이에 적어놓은 속마음, 자기 전에 들었던 생각, 아크릴물감으로 그림을 그릴 때 써둔 문장 등을 모아 ㄱ에서 ㅎ까지 나열했다. 한마디로 표현하자면 '임진아 속마음 사전'과 같은 책이다. 책의 맨 앞에는 이렇게 쓰여 있다.

"아직 임진아는 매일 말을 합니다. 하지만 물론 아무 말도 하지 않은 날도 있었습니다. 말을 하지 않을 때, 내가 나에게 하는 말이 들렸습니다."

그 문장들을 내가 나에게 하는 말이라고 가정해두고 '어제 들은 말'이라는 제목을 붙인 것이다.

책을 넘기던 미나 상은 표지와 같은 그림이 그려진 페이지에 멈추더니 여기에는 어떤 글이 쓰어 있느냐고 물었다.

"어제 먹은 밥은 기억해도, 어제 들은 말은 기억하지 말아요, 입니다."

미나 상은 "아아!" 하며 이해의 리액션을 보였고 이때다 싶어 "지금은 그만두었지만, 회사원 시절에 쓴 문장이에요. 그래서, 그런 기분이었어요. 상사의 말이라든가."

"나루호도(なるほど)*."

반가운 단어를 들어서 신이 났다. '나루호도'라고 했어! 미나 상도 신이 난 듯이 또 책을 팔랑팔랑 넘기다가 엎드린 채 손 위에 올려진 무언가를 바라보고 있는 그림에 멈추더니 "이건 어떤 내용?" 하고 물었다. '며칠 전 깎은 발톱처럼 우울이 발견되었다'라는 문구였는데 이건 도저히 실시간으로 뇌의 번역기를 돌릴 수 없어 번역기 앱에게 도움을 받았다. 이 문장을 입력하면서도 잘 번역이 될지, 상대가 이 이야기를 이해할지 걱정이 되었다. 번역된 문장이 뜬 핸드폰을 공손히 보여주었더니 미나 상은 말했다.

"아, 알아요 알아요."

우리는 서로의 얼굴을 바라보았다. 반가운 마음에 "앗, 압니까?"라고 물어보았고 미나 상은 거듭 끄덕이며 안다고 했다. 그러고는 다시 책에 그려진 그림을 한참 쳐다보았

182

다. 구구절절 설명하지 않아도 안다고 말하고, 그 말에 "압니까?"라고 확인하는 그 순간을 겪어서 좋았다. 지금 이 세상에서 딱 우리 두 명만 아는 어떤 정답이 존재한다는 것은, 분명 기쁜 일이었다.

책을 만들 때 유일한 독자를 '나'로 설정해둔다. 내가 아는 이야기, 내가 아는 감정을 써놓으면 그 이야기를 아는 누군가가 찾아오는 걸 보게 된다. 단, 어떤 대상에 대한 혐오를 담거나 오류투성이인 언어로 쓰지 말자는 나와의 약속을 지키며 만든 이야기여야 할 것이다. 독자는 자신의 경험을 통해 보게 되고, 그렇기에 내가 쓴 내용과는 조금은 다르게 이해할지도 모르지만 아마 그 이해는 같은 결을 갖고 있을 것이다. 글과 사람이라는 창문이 있다면, 거기에는 각각이 가진 고리가 존재해서, 그 고리에 얇은 끈을 걸어 분명 서로 이어질 수 있는 것이다. 이어진 끈이 수없이 많다면 좋겠지만 그렇지 않아도 괜찮다. 모두가 다르게 살아가는 와중에 이어질 수 있다는 건 그 수에 관계없이 기쁘니까.

이런 생각을 갖게 된 건 생각보다 꽤 예전부터였다. 초등학교 4학년 때 우연히 보고 들은 한 장면 때문이다. 책상

세 개를 붙여 여섯 명이 한 조로 앉아서 교과서에 있는 문제 하나를 푸는 시간이었다. 그때 우리 조에 평소 말썽은 안 부리지만 장난은 기꺼이 넘치게 치는 남학생이 두 명 앉아 있었다. 이름은 잘 기억나지 않지만 나와 그 둘은 꽤 친했다. 장난을 좋아하고 오래 집중을 못 하는 친구들이었기에 금세 장난이 시작되었고, 선생님은 문제는 풀고 노는 거냐며 다그쳤다. 그러자 그 둘이 속삭이며 말했다.

"야. 너 몇 번 적었어?"

"나 2번."

"어 나도 2번. 이거 정답이네."

세상 확고한 표정을 하고서는 당연히 서로의 정답이 맞다고 여기는 그 장면. 반 애들이 이렇게나 많은데 단지 옆에 있는 애랑 같은 번호를 적었다는 것만으로 저 녀석 안심하고 있잖아! 어떤 계절의 어떤 하루였는지는 전혀 기억나지 않지만 그 순간만큼은 잊히지 않는다. 그리고 지금까지도 무언가를 만들거나, 이야기를 쓸 때마다 그 기억을 떠올린다. 누군가 나의 글에 "맞아 이거 뭔지 알아"라고 하는 순간들을 상상해보면 안심이 된다. 그 누군가도 내 글을 읽고 안심을 했으면 하는 상상을 해보면서.

나루호도(なるほど) : '과연' 또는 '정말'이라는 의미. 남의 주장을 긍정할 때나 상대방 말에 맞장구칠 때 "과연 그렇구나" 정도로 해석할 수 있다.

무슨 빵을 좋아하시나요?

벌써 1년째 '빵 고르듯 살고 싶다'라는 생각에 골몰하며 빵을 고르는 마음으로 내 생활의 단내 나는 상황을 발견하며 지내고 있다. 줄곧 이 미출간 상태의 책을 '빵 책'이라고 줄여 부르곤 했다. 제목에만 빵이 들어가고 온통 내 이야기만 가득한 아주 이상한 빵 책. 내내 빵이라는 존재를 생각하면서 하고 싶은 이야기들을 내가 꾸밀 수 있는 방식으로 하나하나 매듭지었고, 읽는 사람도 빵을 고르듯이 마음에 드는 에피소드를 혹은 문장을 고르며 생활의 접시에 담아갔으면 하는 마음이었다. 그랬더니 생애 최초로 아주 단순한 질문 하나가 떠올랐다.

"가장 좋아하는 빵은 무엇인가요?"

빵처럼 골라 담은 이야기와 이야기 사이에, 커피를 마시듯 쉬어가는 페이지에는 좋아하는 빵을 그려넣고 싶었다. '어떤 빵을 넣으면 좋을까'를 고민하는 나의 기준은 평소와 달랐다. (평소의 나라면 그리기 쉬운 빵을 기준으로 정할 것이다. 그려야 하는 사람이 나이기 때문에.) 내가 좋아하는 빵과 더불어 내 곁의 소중한 사람들이 좋아하는 빵을 꼭 그려넣고 싶어졌다. 언젠가 책이 되어 소중한 사람들에게 전해졌을 때, 그들이 가장 좋아하는 빵이 담겨 있기를 바라는 마음이었다. 아무리 그리기 어렵더라도.

"가장 좋아하는 빵은 무엇인가요?" 곧장 내 주변의 소중한 사람 넷에게 먼저 메시지를 보냈다. '가장'이라는 부사가 선사하는 부담 속에서 단번에 말할 수 있는 빵이라니, 답하기 어려울 것 같아서 "혹시 '가장'이 어려우면 지금 먹고 싶은 것도 괜찮아요"라고 쓰고 있는데 이미 메시지 창에는 답이 와 있었다.

친구 유진이 가장 먼저 대답했다. 유진은 치아바타라고 했다. 최근 까눌레에 빠져 있다는 건 알았지만 가장 좋아하는 빵이 치아바타일 줄은 몰랐다. 나의 예상은 치아바타 근처에도 가지 못했지만 치아바타와 유진을 함께 놓고 보았더니 이 넘치지 않는 어울림이란. 유진은 마저 이야기했다. '무맛'이 나는 빵을 아주 좋아한다고. 이유마저도 유진의 인상에 딱이었다.

다음은 윤애 언니. 언제나 "진아야"라고 부르며 등을 쓰다듬어주는 언니이다. "나는 카스텔라." 의외의 대답이었다. 대답 전에 "진아야, 너무 어려운 질문이잖아"라고 할 줄 알았는데 이렇게 고민 없이 단번에 말할 정도로 좋아하고 있었다니. 카스텔라를 먹는 윤애 언니를 본 적이 있던가? 그러곤 뒤이어 온 메시지, "먹고 싶다. 따스운 우유랑. 예전에 카스텔라 만드는 밥솥 같은 기계가 유행한 적 있었는데 그때 향수 때문인지 늘 그리운 맛이야." 가장 좋아하는 맛은 늘 그리운 맛이기도 하다. 또 한 번 윤애 언니에게서 따뜻함을 느꼈다.

그리고 희진에게서 문자가 도착했다. 너무 많지만 그중에서도 멜론빵이라는 결정을 내린 희진. 더 클래식한 빵을 고를 것 같던 희진의 의외의 대답. 멜론빵과 희진은 분명 닮았다. 빵에 표정이 있다면 멜론빵은 웃는 얼굴을 하고 있을 것이다. 그런 점에서 희진에게는 멜론빵이 딱이었다. 이 단순한 질문은 가까운 친구 세 사람의 새로운 단면을 보여주었다. 같이 빵을 먹은 게 하루 이틀이 아닌데 왜 처음 알게 되었을까?

그리고 마지막으로 확인한 메시지는 가장 가까운 사람 홍구. 질문은 하나였는데 메시지가 너무 많이 와 있어서 놀랐다. 치아바타, 치즈롤, 소시지빵, 애플파이까지. 신나게 도착하는 메시지를 보니 이렇게 말이 많은 사람이었나 싶었다. 그보다 치즈롤이라는 빵을 좋아했다니. 의외라고 답장을 보냈더니 "치즈롤은 치즈를 구운 거여야 해. 치즈 넣고 빵 구운 것"이라고 답했다. 치즈롤에 진지한 태도를 보였지만, 끝내 홍구가 고른 건 도넛이었다. 박스에 든 도넛. 어느 날 도넛 가게에서 할인 행사를 하길래 한 박스 사다주었더니 두 손 꽉 모으고 기뻐하던 얼굴이 스쳐 지나갔다.

내가 소중히 여기는 친구들은 모두 자신이 어떤 빵을 가
장 좋아하는지에 대해 즉답할 수 있는 삶을 살고 있었다.
가벼운 질문으로 알게 된 친구들의 뚜렷함. 다들 빵만큼
은 분명히 좋아하며 살고 있다. 가장 좋아하는 빵을 꼽는
다는 건, 어찌 보면 그 빵을 가장 좋아하는 사람으로 살고
싶다는 뜻 아닐까.

아무도 묻진 않았지만 내가 가장 좋아하는 빵은 식빵이라
고 알려주었다. 평소 식빵에 환장하며 식빵에 대한 표현을
하던 사람은 아니었던 것 같은데, 나는 식빵이라 말하고
있었다. 격하게 먹고 싶어 하거나, 없으면 안 되거나 그런
게 아니라, 가장 '그 빵답고 싶은' 마음.

무슨 빵을 가장 좋아하는지 궁금해진다는 건, 잘 알던 사
람을 더 알고 싶어야 가능한 질문일지도 모르겠다. 혹시
이미 물어본 적이 있다면 가능한 많은 것들을 알고 싶을
정도로 소중한 사람이 곁에 있는 것 아닐까. 가장 좋아하
는 빵을 물었던 날만큼은 꼭, 비어 있는 쟁반에 빵을 골라
담고 싶은 하루가 되기에 부족함이 없었다.

몇 해 전에 엄마에게 던진 질문. "죽기 직전에 마지막으로 먹고 싶은 음
식은?" 엄마는 무덤덤하게 고민하셨고 나는 좋아하는 음식을 몽땅 말했
다. "그래서 엄마는? 엄마는 무슨 음식?" 다시 한 번 묻자 돌아온 대답은
"밥에 김치." 나는 개키던 수건을 내려놓고 엄마를 빤히 보았다. 그 대답
에 마음이 이상했는데 지금은 조금 이해가 된다. 나도 죽기 직전의 한입
이라면 뜨끈한 흰밥에 김을 싸 먹고 싶다는 생각이 최근에 들었으니까.

빈 쟁반에 어떤 이야기들을 골라 담으셨나요?

일상의 맛에 맞는 이야기가 있었기를 바랍니다.

책을 다 읽었다면 이제 좋아하는 빵집에 갑시다.

'오늘의 맛'을 가늠해보며 빵 하나를 골라서 아주 맛있게 먹기.

오래 섭어보며 그 맛을 잊지 않고,

'빵 고르듯 살아볼까' 하며 가볍고 몰랑한 다짐을 하는 것.

이 책이 선사하고자 하는 마지막 페이지입니다.

그럼, 좋은 빵 시간이 되길 바랍니다.

Editor's letter

저는 버터를 좋아합니다. 식빵에 스테이크처럼 1cm 두께의 버터를 끼우고
잼을 발라 먹었던 전력이 있습니다. 결국 제가 가장 좋아하는 빵은 버터크림빵이 되었습니다. **민**
모카빵을 좋아합니다. 바삭하고 달콤한 껍질(?)과 결이 살아 있는 살(?)을 한 번에 먹었을 때
그 맛과 향. 이때 건포도까지 씹히면 최고. 투박하지만 너그러워 보이는 모양도 좋아합니다.
이 책을 디자인한 두 분께도 좋아하는 빵을 여쭤봤습니다. (빵순/돌이라고 들었거든요.)
대답은 이러했습니다. "피자빵… 하" "발사믹 올리브오일에 찍어 먹는 올리브 치아바타. 영" **희**
출출한 오후, 점심도 저녁도 아닌 그 어느 무렵에 먹는 든든한 소시지빵을 좋아해요.
토요일 아침, 생각보다 일찍 눈이 떠져 먹는 크루아상과 커피도요. 적당한 시기에 내게 가장
알맞은 빵을 고르는 즐거움처럼 제 생활도 꾸려가고픈 마음이 드는 책이에요. **현**
모닝빵을 좋아합니다. 꾸깃꾸깃 한입에 넣었을 때의 목막힘도 좋고요(?) 우유에 촉촉하게
적셔 먹거나, 반을 갈라 사라다빵으로 만들어 먹어도 맛납니다. 특히 여행을 가면 숙소 조식으로
자주 나오는 빵이라 그런지 먹고 있으면 왠지 여행 중인 기분도 들어요! **령**

빵 고르듯
살고 싶다

1판 1쇄 발행일 2018년 6월 26일
1판 13쇄 발행일 2024년 7월 15일

지은이 임진아
발행인 김학원
발행처 (주)휴머니스트출판그룹
출판등록 제313-2007-000007호(2007년 1월 5일)
주소 (03991) 서울시 마포구 동교로23길 76(연남동)
전화 02-335-4422 **팩스** 02-334-3427
저자 · 독자 서비스 humanist@humanistbooks.com
홈페이지 www.humanistbooks.com
시리즈 홈페이지 blog.naver.com/jabang2017
디자인 스튜디오 고민 **용지** 화인페이퍼 **인쇄** 삼조인쇄 **제본** 해피문화사

자기만의 방은 (주)휴머니스트출판그룹의 지식실용 브랜드입니다.

ⓒ 임진아, 2018
ISBN 979-11-6080-139-2 03810